バンヤンの木の下で

不良外人と心理療法家のストーリー

池見 陽 × エディ・ダスワニ 著
Akira Ikemi　Eddy Daswani

木立の文庫

もくじ

Foot Note スペースについて

★:言葉の含みや背景を補う説明です。

🔍📷:インターネットで「　」内のキーワードを画像検索するとよりリアルに追体験できると思われる箇所。

略地図:エディの足跡を地図で表示。

QRコード⇒動画:この本を編むためのインタビューを再現あるいは回想する、本書メイキング特別製作映像。

序

私はこの小説が活字になって世に出ることを待ち望んでいました。考えてみると恐ろしくなりますが、この作品に最初に着手してから、もう二十年の年月が過ぎてしまいました。私の本職は大学・大学院で臨床心理学を教育研究する大学院教授です。臨床心理士として総合病院や企業の健康相談室で活動していた時期もあります。専門分野である心理臨床学や心理療法の世界では、私は何冊もの専門書を英語と日本語で執筆、分担執筆、共同執筆、編集や査読をしてきました。それらは心理学関係の専門書や学術論文です。だけど、さて小説となると、話はぜんぜん違っていて、どう進めたらいいのか皆目見当がつきませんでした。

この作品は次々と私が書いていった専門書の出版製作ラインから、あたかも置き去りにされてきたかのようなものでした。ときどき、取り上げては書き直したり、加筆したり捨てたりしながら、長い時間、熟成させていました。とうとう、思い切って木立の文庫の津田さんと相談して、この作品を世に送り出す道が開かれました。

この作品を書き始めた頃は、この作品をきっかけにして、次々と文芸作品を書いていくことになるかもしれないと夢のように思っていたのを覚えています。だけど、この作品に二十年もかかってしまったので、この作品が正に私の「ライフ・ワーク」となってしまいました。

文芸小説とは言っても、本書には実在の主人公がいます。そして、登場人物も実在です。ストーリーラインも実際の出来事を回想したものです。なので、本書は「伝記的小説」と呼ぶのがもっとも適切でしょう。そして、私はこの本を主人公のエディ★と一緒に執筆しました。この本は私とエディの共著作品です。

エディと私は同級生です。神戸のインターナショナル・スクールで幼稚園のころに最初に出会い、八年生★★のころまで一緒でした。途中、エディが神戸の違うインターナショナル・スクールに通っていた時期もありますが、まあ、「同級生」と言って間違いはありません。私の両親は福岡出身で、日本国籍です。なので、私は「純ジャパ★★★」ですが、気がついてみると、隣に住んでいた同じ年のオランダ

★Eddy Daswani はインド・ハーフ

★★日本の学校なら中学2年生にあたる

★★★純粋ジャパニーズ

人のロビーと一緒にインターナショナル・スクールの幼稚園に通っていました。ロビーは小学生のころ、オランダに「帰国」しました。★私はインターナショナル・スクールのハイ・スクールを卒業して、アメリカの大学・大学院へと進み、日本に戻ってきてから、ある医科大学で博士号を取得し、それからずっと日本の大学で教えています。さて、話を戻して、どうして同級生エディを主人公にした作品を書いたのか。その答えはプロローグに登場する別の同級生、トム★★に譲ることにしましょう。

エディの人生は、日本で普通に生活している人々には想像もできないほど大きなスケールで展開していきます。「スケールが違う」というのは、普通の人がなんセンチ・なんミリを定規で測っているの

★ロビーは日本生まれでオランダ語は話せなかったので、彼が「オランダに帰国した」という表現はぴったりこないが……。

★★トムはスウェーデン・ハーフ

に対して、エディの射程範囲はなんキロあるいはなん海里といったものです。私は母親から非行少年エディは神戸からインドの祖父の家へ本国送還になったと聞いていました。しかし、エディは祖父のところから家出してインド各地を放浪、中東を経てスカンジナビアまで陸路で渡っています。時代はヒッピー文化◉が開花していた一九七〇年代、麻薬の煙とロック音楽の響きを背景に、エディは徐々にヘロイン中毒になっていきます。また、トラベラーズ・チェックという旅行小切手の不正換金のためにパスポート偽造をする犯罪集団を組織するようになります。トラベラーズ・チェックを今日では目にすることはありませんが、かつては海外旅行には不可欠でした。多くは米ドルやイギリスポンド建てで、海外で現金をもち歩かなくても、ホテルやレストランやお店で小切手に金額を書き込み、サインするとそれで支払いができたものです。銀行で換金するときは、

◉当時はベトナム戦争中で、LOVE & PEACEがヒッピーの合言葉だった。

「旅行小切手」
有名なものに「アメリカン・エキスプレス・トラベラーズ・チェック」など

パスポートで本人確認をしていました。

インドはアーメダバードでエディたち一行は逮捕され、拘置所・刑務所に送られます。しかし、拘置所でエディはヘロイン中毒を克服することに成功しました。彼は人としての尊厳を再び手に入れることができたのでした。そして、今度はインドから日本に本国送還になりました。

さて、心理療法家である私は、この話をどのように聴いていたのでしょうか。エディの話を聴いている私のあり方は、まさしく私の心理療法のあり方★そのものだし、私の心理療法論と直結しているように思います。あまり学術的にならないように注意しながら、私という心理療法家がエディの話を聴いて、作品にしていくことの意義

★巻末「もうひとつのエピローグ」参照

については、エピローグに書きました。そういった聴き方のスタンスを知ることができれば、多くの人生ドラマがご自身やご友人の生（せい）の内に展開していることに気づかれることでしょう。

二十歳になるまで育てた作品を読者の手中におくりだす喜びを味わいながら、いざ、プロローグへとご案内いたしましょう。

プロローグ

二〇〇〇年十月一日、四十代に入った僕は秋学期が始まったばかりの大学で忙しくしていた。自分の研究の時間と大学生、大学院生を指導する時間といった研究と教育のバランスに苦労していたが、学期の始まりはいつも授業の準備で、ことさら忙しかった。★

その日、クラスメートだったシャム★★から携帯に連絡があった。別のクラスメートのトム★★★が朝、ベッドから起き上がった瞬間に心臓発作に襲われ、そのまま突然死したとの知らせだった。落ち着きを失った僕は大学の仕事を早めに打ち

★僕は臨床心理学を担当して、心理療法の理論や心理面接を指導している。日本語で30冊、英語で6冊の著書を執筆しているが、英文論文の方が最近では数が多い。

★★シャムは神戸生まれのインド人

★★★スウェーデン・ハーフ

切り、トムの通夜のために、彼が住んでいた阪急六甲駅近くのマンションに駆けつけていた。一刻も早く電車が六甲に着かないかと座席の中でドキドキしていた。急いでもどうなるわけではないとわかっていても、気持ちはおさまらなかった。そもそも今夜はトムの通夜だという事態が僕には腑に落ちていなかった。トムは最近少し太っていたが、至って元気だった。つい二週間ほど前に僕はトムのマンションを訪ねて、一緒に酒を飲み、あれこれ話をしていたばかりだった。そのときの記憶が僕の「こころのスクリーン」で上映され始めた。

貿易をしていたからか、それとも彼が身につけていた品のいい感覚なのか、それとも神戸の文化なのか特定することはできないが、トムのマンションでは和洋のインテリアがセンスのよい調和のうちに、さりげなく置かれていた。畳の上にペルシャ絨毯、中国製と思われるアンティークのチェスト、有田焼の壺を電機スタンドに仕立てたものが二本、部屋の両サイドに配置された猫足のテーブルの上に置かれていた。トムはシーバスリーガルの十二年ものをロックで、僕はビールを片手に応接セットに座って話していた。僕の目の前には、トムが飼い始めたばかりのハムスターがケージの中を走り回っていた。

「ところで、アキラ、エディに会ったか?」

「エディ? エディ・ダスワニ?」

「そう」

「いや、だって、おまえ、エディって、eighth grade のころか★、インドに本国送還になっとったやろう?」

「いや、いま、実は東京におんねん」

「東京?」

★eighth grade は中学2年相当。インド・ハーフのエディもトム同様、幼稚園からの級友。

「そう」

「で、何してんの？」

「ビルの設備とか、リフォームとか、そんな仕事」

「えっ！　ちょっと待ってや、あいつ、どうやって日本に入って来てん？」

僕の嗅覚は何らかの不法行為を感知していた。インドに本国送還になったエディが日本に再入国できるはずがない。だが、トムが嘘を言っているわけではないだろうし……エディはアウトロー、昔からワルだったから、不正な方法で入国したのかもしれないと僕は思った。

「まあまあ、それはまあ長い話になるけどな。あのな、とにかく、あいつの話をよく聞いてみ、凄い人生やで！」

「いや、ずいぶん前に、シャムがエディはインドの刑務所におる、とか、インドからヨーロッパへ歩いていってんとか、そんな噂は聞いたことはあるけどな」

「そう、そう、そう、でも、そんなもんじゃないねん、ホンマの話は。だから、Listen to his story really carefully, and write a book about it, I mean, promise me, write a book about his life.★」

「う～ん、なんで？　Why?」

「You'll find out. とにかく、話を聴いたらわかるから」

「で、どうして僕に書けと？」

「まあ、とにかく凄い話だから。それにクラスメートで本を書いたことがある奴はアキラしかおらんし」

「まあ、うん、興味はあるで、シャムから噂程度には聞いていたし」

「じゃあ、約束やで」

「え、約束か？　まあ、とにかく一度、会ってみるわ。あいつが eighth grade のときに、突然、日本から放り出されたやろう。だから、僕もずっと、ずっと、

★「彼の話を注意深く聴いて、本を書いてくれ、というか、約束してくれ」

気になっていたし、生きているのか、死んでいるのか、どうなっているのか」

僕の心にずっと穴が空いていて、その穴の中にエディがずっと居るみたいな、そんなフェルトセンス★が僕の身の内にあった。どうして、エディは本国送還になったのか、僕はしつこく母親に聞いたことを思い出した。バイクを盗んで家出して云々という話をきいて納得できなかったのを覚えていた。どちらにしても、日本から追放され、今生ではもう会うことはない、と思っていたエディが東京にいる、という現実は不思議な感覚で、すぐには信じられなかった。

「ああ、そうやろ、だから会ってみろ、って」

トムは押しが強いところがあったが、このときはとくにそうだった。

「そうやな」

「一緒に東京、いかへんか？」

★言葉になっていない意味の感覚・雰囲気を言う心理学用語

「え？　東京か、まあ、暇になったらな」

僕はお茶を濁して話題を変えようとしていた。

「ところで、エディのお母さん、どうしてんの？」

「さあ、詳しいことは知らん。生きてることは生きてるらしいで、アメリカで」

「アメリカ？　アメリカのどこ？」

「いや、だから、詳しいことは知らんって」

「そうか。で、エディの父親って、僕にはぜんぜん、印象に残っていない、というか、どんな人やったかぜんぜん記憶にないねんけど、トムは覚えとう？」

「あまりよく覚えてないな。でもfifth grade★のころからいなくなった、たしか、そう、fifth gradeのころから」

「そうか。そうだったかな。どんな仕事してはったんやろう、貿易？」

「いや、貿易とは違う。エディはこんなふうに言ってたで……」

★小学5年生

トムはエディから聞いた彼の父親の話を僕に語ってくれた。それは僕たちがfourth grade★のころの話だと僕には思えた。

あるとき、インドの大きな船が神戸港に入ってきた。エディの親父は愛車のオールズモービル🔍の助手席にエディを乗せて船を訪ねた。まるで親子の日曜日のドライブのようだった。車を船に横付けした。ギャングウェイから船長や、偉い人たちが次々と降りてきて、親父と握手をしていった。船員たちも降りてきて、親父の車を取り囲んだ。車の中から見ていると、外の景色がまったく見えなくなるまで、多くの船員たちが車を覆いつくした。つまり、反対に、車の外からみると、あるいは、ちょっと遠くからみると、車は船員に覆い隠された状態になっていた。すると、一人の男がギャングウェイを走り降りてきて、輪の中に入ってきた。男は大きなスーツケースを抱えていた。スーツケースと一緒に、その男は車のトランクに飛び込んできた。誰かがトランクを閉めた。す

★小学4年生
🔍📷「オールズモービル 1958」

ると車を取り囲んでいた船員たちは一瞬のうちにどこかに引き上げた。親父は運転席にもどり、平然と車を運転して港を離れた。まるで、日曜日に船を見に、港をドライブしている親子のように。父親のオールズモービルは静かに、ゆったりと三ノ宮まで走った。三ノ宮のビルの地下駐車場で車を駐車すると、親父はトランクを開けて男とスーツケースを降ろした。何か、インドの言葉で短い会話を交わしていた。そして、父親はエディに、「おまえは先に帰りなさい」と言って、エディに五百円札を渡した。

そんな話だった。エディの父親はどんな仕事をしていたのか、あまりよくわからなかった。煙に巻かれている感じがした。そして、エディの父親がいなくなった日のこともトムが語っていた。

僕たちがfifth gradeのころ、エディの父親が六甲の家にいきなり帰ってきて、

「これから旅行にいこう」と宣言した。エディの父親はずっと家にいるかと思うと、数週間どこかにいっていたり、数ヵ月も不在だったりした。家族で旅行なんて、めったにあることじゃないから、エディも妹ミラも学校を休んで、一家で旅行することになった。父親のオールズモービルに乗って、鳥取、米子、山陰地方を数日間、旅行した。高級な旅館に泊まって、一家は本当に贅沢な旅をした。旅から六甲の家に帰ってきた翌朝、しかも早朝、家の周りが騒がしくてエディは目を覚ました。窓から外をみると警察が家の周りを取り囲んでいて、家の中を捜査しに入ってきていた。エディは慌てて父親を起こそうと思って探した。だが、そのときには、もうエディの父親はいなかった。夜のうちに姿を暗ましていた。それ以来、エディは父親を見ていない。

「消息不明やねん」というのがトムの理解だった。それから何年かは、母親に送金や手紙があったそうだが、それはフェイドアウトしていった。

ああ、そういうことがあったんだ、と僕のなかでは腑に落ちていた。エディは小さいころは勉強もよくできていたように僕には微かな記憶があった。だけど、fifth gradeくらいから、顔つきもワルみたいになってきて、そのまま非行に走っていった。それを僕はよく覚えていた。

「いや～、アイツの一家、みんなで苦労しとったで。家具を売って、家も引っ越しして、お母さんは夜、働きにいってたし……」

なんとなく僕の記憶のなかに、そういうエピソードの足跡があるようだった。

「ああ、そういうことが背景にあったんやな、エディは万引をするようになったり、学校に来なくなったり、喧嘩ばかりして、だんだん本物のワルになっていったやろう」

「そうや。エディはお母さんに負担をかけたくなかったから、エディが欲しいもの、妹ミラが欲しいものは全部、万引で……」

「そうやったんか」と僕は納得していたし、少しエディのことが可哀想にさえ思えた。僕のなかではエディと言えばワルの代表というイメージが強かったのだが……。

「そう、だけどな、インドにいってからはもっとたいへんやで。だからアキラ、エディの話をよ〜く聴いてみ〜」

これがトムとの最後の会話になった。それを自分で追体験しているうちに、電車は阪急六甲の駅に到着した。

✿

トムのマンションには人がいっぱい駆けつけていた。玄関ドアは開けっ放しで靴が玄関から共通廊下の方にはみ出していた。普通の日本の仏教の通夜ではなく、黒い服を着ている人は少なかった。会社に勤めていたわけではなかったから、駆けつけたのは、ほとんどが友人たちだった。皮肉なことに、トムの親友シャムはその日は来られなかった。★シャムがいたら、通夜にトムのマンションを訪れた人たちを紹介してくれただろう。僕は会ったことがない、あるいは会った記憶がない、いろいろな人たちが来ていた。国際学校のトムの同級生は僕だけのようだった。後輩のギリシャ人ハーフ、ドイツ人ハーフもいた。そのほか、何人かの方から「学校の後輩です」と言われたけれども、二十年以上も会っていなければ、すぐには誰なのか、特定することはできなかった。

リビングのテーブルは片づけられ、ハムスターはどこかに移動させられていた。リビングの中央に布団を敷いて、そこにトムが眠っていた。本当に眠っているようだった。人が周りに集まって、祈ったり、語ったり、冗談をいったりしていた。なかには、「おい、起きろ！」と言ってトムの額を叩く奴もいた。湿っぽくなるのはトム流ではなかったから、ガヤガヤしているのは彼の通夜らしかった。

★シャムは前日から奥さんと奥さんのご両親を連れてハワイにバケーションに行っていた。ハワイから国際通話で僕に電話してくれていた。

僕はトムが眠っている布団に近づいて、顔の右側に置かれた座布団に座った。トムの冷たくなった顔を、信じられない思いで、のぞき込んだ。そしてトムの顔から目を上げた。そのとき、トムを挟んで反対側に座っている男に気がついた。男は礼儀正しく座っていた。長い口ひげをはやし、まくり上げたシャツの袖からは、刺青を覗かせていた。男と目を合わせた瞬間、それが誰だかわかった。エディだった。

冷たくなっていたトムの枕元で僕はエディと二十八年ぶりに再会した。

「おう」とエディが言った。

「おう」

これ以上、トムの遺体を挟んで、しかも、通夜の席で、何を話したらいいのかわからなかった。二十八年ぶりの再会を笑って喜んでいいのかどうかもわからなかった。そこで、二人はまたトムの顔を眺めた。トムが引き合わせてくれたのだと僕は確信した。

トムの葬式は神戸の栄光教会でとりおこなわれた。そして、須磨沖の神戸の海に灰となったトムを撒いた。トムは今、外人墓地★に眠っている。トムの葬式にかかる一連の行事の最後に、トムの両親は親族や友人たちを招き、神戸倶楽部★★で食事会を催してくれた。エディと僕は神戸倶楽部のテラスに座って二十八年ぶりに会話をした。途中、いろいろな人たちが話しかけてきたから、落ち着いて話し込むほどではなかった。エディが、「そろそろ東京に帰らないと」と言って立ち上がったとき、僕はエディにこう言った。

「エディ、トムが、おまえの話をよく聴いて、それを本に書け、と僕に言うとってん」

★神戸市立外国人墓地。
★★神戸外国人倶楽部。

「ああ、俺にもそう言ってたな」

「うん、どういうことになるかわからへんけど、とにかく話を聴かせてくれよ」

「おお、もちろん。話ならいくらでもあるぜ」

「そうか。よし、やろう」

「ああ、やろう」


こうして、トムとの約束が実行に移されることになった。それから何度か僕は、自分が東京に出張したときに、都内のエディの事務所を訪ねた。近所で焼肉を食べて、それから彼の事務所で遅くまで話し込んだ。

この下り傾斜の港町にて

第一章

まずは、この時代の神戸について少し紹介しておこう。

海から神戸の港に入ってくると、正面に六甲の山々が壁のように立ちふさがっているのがわかる。その山のひとつには大きな碇の形が緑でかたち造られ、夜にはライトアップされている。急に迫ってくる山の斜面と岸壁の間の限られた「下り傾斜」の土地が無数の人々の人生舞台となっている神戸の街だ。

歴史を遡れば、この港の街から、日本にジャズという音楽文化が入ってきたし、ゴルフコースも神戸が最初だったと聞く。要するに、アジア最大の貿易港だった神戸を通って、外国の文化が日本に入ってきた。神戸を玄関口として異文化や舶来の品物が日本国内に入ってきたわけだが、神戸の港は単なる流通上の通過点ではなかった。品物は神戸の港を通過していっても、それらを取り扱う人々は神戸に残った。神戸には民族が混ざり合った独自のカルチャーが培われていた。

今の神戸には外国領事館はひとつしかない。だが、一九六〇年代の神戸には外国領事館は一七もあった。それらの領事館の職員たちとその家族は神戸に住んでいた。多くの貿易会社や商船会社の駐在員やその家族もまた神戸に居を構えていた。それに加え、神戸に一時的に滞在する船員たちも多かった。

貨物船は今とは違って、手作業で荷物の積み降ろしをしていたから、貨物船が入港すると一週間は停泊していた。神戸港の岸壁に船が入りきれないときは、沖に碇を降ろした貨物船まで、小さな船で積み荷を取りにいっていたから、船の停泊期間は今とは比べものにならないほど長かった。そして船は今とは違って、コンピューターで制御された操縦や航法システムをもっていなかったから、船員の数は今よりも桁違いに多かった。入港した船からは積み荷ばかりでなく、船員たちも街へと溢れ出した。

人と人の交わりは、次世代へと生命を繋ぐ。神戸には、多くの「外国人」が生まれ落ちた。両親が外国人の場合もあれば、外国人と日本人の間に生まれた人たちもいる。歴史の流れは、外国人とも日本人ともつかない、あるいは外国人であって、日本人でもある、日本語で言うところの「へんな外人」を世に生み出した。「へんな外人」たちはある意味では日本社会に適応しており、またある意味では日本社会のアウトサイダーとして自らを位置付ける傾向があった。「社会的なアイデンティティが希薄」と表現することもできるが、それはつまり、「しっかり日本社会に根づいている」実感をもっていない、と言い換えてもいいだろう。そんな「へんな外人」たちのために、日本の義務教育制度の外に置かれた国際学校は神戸には男子校、女子校、共学校合わせて七校ほどあった。
この時代、世界は冷戦の真っ只中にあった。エディが学校から退学になってしまう一年前にクラスメートたちを震撼させた「事件」が起こっていた。それはクラスメートであったボビーの自死という衝撃的な出来事である。七年生★のときだった。

ボビーの父親はアメリカ人、軍人、しかもＡＷＯＬ★★だった。そして母親は白系ロシア人だった。ロシア革命のころ、ロシア国外に亡命した非ソヴィエト系のロシア帝国国民のことだ★★★。また、ソ連は無神論を掲げていたから、ロシア正教徒たちの多くも移民となって国外に逃れた。日本政府は白系ロシア人を受け

★中学1年生
★★Absent Without Official Leave: 脱走兵
★★★多くはホーランド系やウクライナ系の人たちで「白」は白人という意味ではなく、共産主義の象徴である「赤」に対抗する「白」だった。

入れていたから、神戸市在住外国人の統計資料のなかでも国籍の欄に「白系ロシア」という表記が使われていた。ボビーの母親は白系ロシア人ではあっても、日本語がネイティブの発音だったので、日本生まれなのだろう。

ボビーは日本生まれで、アメリカにもロシアにも、住んだことも、いったこともなかった。日本語は上手で、その次が英語だった。ロシア語は話せなかった。外見的には白人だから「外人」と見られるが、彼は日本社会しかしらない。けれども彼は「日本人」としてのアイデンティティはもっていなかった。そして、「アメリカ人」というアイデンティティもなければ、「白系ロシア人」というアイデンティティもない。社会的アイデンティティが希薄だ、ともいえるだろうが、「へんな外人」であるというのが唯一のアイデンティティだった。

父親が家族を置いて蒸発してしまったから、母親は有名なダンス・カンパニーの団員となって全国ツアーに出かけて一家の暮らしを支えた。六年生のころからボビーは学校に来なくなった。ドラムが上手かったから、バンドに入ってツアーに出かけていた。国際学校では落第があるから、彼は六年生ではあったけれど、実際の年齢は他のクラスメートよりは二、三歳上だった。ドラム演奏だけではなく、暮らしを助けるためにテレビのカレーの宣伝にも出ていた。そのカレーの箱の写真で、今でも幼いころのボビーと再会することができる。

ボビーは七年生のころ、死を選択した。全裸で身体にマジックで"I'm Lonely"★と書いて、ビートルズのレコードをかけて、ガスの栓を開いた。もう目覚めることのない深い眠りに自ら入っていったのだった。

僕たちは、はじめての同級生の自死をどう受け止めていいのかわからなかった。仲良くしていたトム、エディ、シャムたちはとくに深いショックを体験した。その日、エディとトムとシャムが校長先生に呼び出され、三人とも、目に涙を浮かべ、何も言わずに学校をあとにしたのを覚えている。彼らがボビーの家に向かったことはあとになって僕たちに知らされた。ボビーの自死はクラス

★寂しい

メート全員に大きな衝撃であったことは確かだし、言葉にならない何かをクラスメートたちに与えた。◉

ボビーが自死したのは大阪で万国博覧会が開かれた年だった。当時、日本経済は発展していき、日本はアメリカ合衆国に次ぐ経済大国になった。そんな輝かしい時代を象徴する万国博覧会だった。★「人類の進歩と調和」がテーマで、確かに何らかの進歩を実感することもあった。しかし、そのスローガンは、その裏側にあった混乱を覆い隠すようなものだったのかもしれない。あるいは、その裏の混乱があったがための祈りのようなものだったのかもしれない。

ベトナム戦争は続いていた。日米安保条約をめぐって紛争が起こっていた。学園紛争は各地の大学で勢いを増していた。三島由紀夫の衝撃的な自決もあった。「社会適応」という考え方が見直されなければならなくなっていた。人を殺して来いと若者を戦場に送り込む社会は非人間的で不道徳であると理解されて

◉ボビーの墓

★6400万人以上が入場、77ヵ国が参加した。

いた。それは狂気であるから、社会適応とは狂気に適応するも同然だ。そんな空気感があった。

そして、一部の人たちはヒッピーとなってコミューンで生活するようになった。それに憧れる若者はかなりの数、存在していた。四〇万人もの若者が参加したウッドストックの屋外ロックコンサート[Q]、ヒッピーを描いた映画『イージー・ライダー』[QQ]、こういったものが若者のこころを惹きつけた時だった。

❀

そんな文化のなか、八年生になったエディは夜になると六甲の街を歩き回り、モーターバイクを盗むための研究をしていた。何台ものバイクを壊していた。そして、ようやく「直結」と呼ばれる技術を身につけた。★阪急六甲付近でエディは何度も実験を重ねていた。

Q 「ウッドストック音学祭」
QQ 「映画 イージーライダー」
★バイクのエンジン・キーの下にある電線をすべて切断して、繋ぎ直す技術。ある線とある線を繋げばヘッドライトが点く、また別の線を別の線と繋げばエンジンがかかる。

盗んだバイクでエディは警察車両と阪急六甲付近でカーチェイスをやった。市街地を逃げまわって、車が通れない山道に逃げ込んで、パトカーを振り切った。ほっと一息ついて、沢をくだって道路にでてきたところ、待ち伏せしていたパトカーに捕まった。警察署ではバイクのオーナーもカンカン、エディのお母さんもカンカンだった。とてもじゃないけど、落ち着いて家に居ることはできない状況になってきた。

エディはトムとピーター★を誘って、一緒に家出した。エディは三台ものバイクを盗んだ。映画『イージー・ライダー』の主演であるかのように、三人はバイクにのって家出ツーリングを続けた。映画のサウンドトラック"Born to be Wild"★★を歌いながら、「とにかく鳥取砂丘にいってみよう」ということになった。砂丘をバイクで走り回してみたかったし、『イージー・ライダー』のシーン

★オーストラリア・ハーフ
★★『ワイルドで行こう』

のように、砂丘で野宿もしてみたかった。

　三人がもっていたお金はすぐに底をついたが、なんとでもなるだろうと思っていると、なんとでもなった。朝早く、商店の前に配達され、積み上げてあった牛乳やパンを彼らは盗んで食べた。タクシー運転手がうどん屋で昼食をとっているうちに、タクシー内に忍び込み、小銭が入っている袋からいくらかの小銭を握り取った。見ず知らずの人の別荘に侵入し、冷蔵庫の中の食品などを食べ尽くしたこともあった。

　鳥取砂丘で野宿して、数日間を過ごしたあと、彼らは姫路へと向かった。そろそろ砂丘生活にも飽きてきていた。姫路港は神戸港の補助的な港だったから、彼らはそこには何か出会うべきものがあるかのような気がしていた。たしかに、神戸港の埠頭に入りきれない外国船は姫路港に回されることもあったから、外国の船乗りたちは姫路の街で遊んでいたし、彼らを遊ばせてくれるバーやラウンジも姫路にはあった。

三人は、あるバーに入ってみた。すると、そこには、まるでウッドストックから時空を超えてやってきたジミー・ヘンドリックスみたいな、ヒップな感じ★のマスターがいた。

三人はマスターの姿を見るだけで安心した。何か通じるものを感じた。お金がないことを伝えると、「おまえら、ここで働くか」と仕事を紹介してくれた。エディはこの店で、トムとピーターは別の店で働くことになった。姫路の店でも、外国の船乗りに対応するために、英語が話せる店員は必要だった。

三人は泊まるところも与えられた。六畳ほどのアパートの一室だった。トイレ、風呂や洗面所は共同となっていたし、三人一室ではあったが、彼らには何の不足もなかった。三人はここで二週間暮らした。昼間は姫路市内でバイクを乗り回し、夜はバーで働く夢のような生活だった。

★ヒッピーのような

しかし、その生活も突然の終止符を迎えた。

「おまえら、どっから来てん」

姫路署の警察官が聞いていた。

「俺らは、横須賀や、横須賀から来てん」

エディが答えた。横須賀の米軍兵だと言えば、手続きがややこしいので逃がしてくれると思った。

「ああそうか、横須賀か。で、なんで関西弁やねん」

「……」

言葉がでなかった。この時点で米軍兵の芝居は終わった。警察官が続けた。

「おまえらにな、よう似た三人組の捜索願、出とんねん、神戸で」

もうお手上げだった。

翌朝、トムの両親とピーターの両親が姫路署まで彼らを引き取りにきた。でもエディの母親は来なかった。

二日たっても現れなかった。

三日たって、警察官に言われた。

「おまえ、可哀想な奴やな。おふくろさんにも見放されたんか」

結局、警察官がエディを六甲の家まで送ってくれた。

✿

神戸に帰ってからのエディは荒れ放題の状態に陥っていた。カトリック教会の中で暴れて破壊行動に至ったさまの詳細などは、ここで紹介するにも障りがあるだろう。エディは学校をキックアウト★になってしまった。

★退学

僕たちにとって、学校をキックアウトになることは恐ろしいことだった。国際学校をキックアウトになったら、本当にいく学校がなくなる。ほかの国際学校が非行少年を引き受けてくれるはずはない。義務教育だから日本の学校が拾ってくれるかもしれないが、内容が違いすぎて日本の学校にはまったくついていけないだろう。だからキックアウトになったら、生涯に受けられる教育は、その時点で終了！　となる。

おそらく、キックアウトになったら、日本ではもう教育を受けられないということが現実になって、親たちは焦ってしまう。そしてパスポートに書いてある国に送り出され、そこに住むことになるだろう。会ったこともない親戚を名乗る、見知らぬ人たちの家に里子に出されるようなことになる。そして、そこで学校にいきなさい、日本での生活はもう諦めなさい。そういうことになることは容易に想像できる。そして、それはとても辛い、絶望的な別れを意味することになる。

それがなぜ絶望的かというと、日本人でもない、異国人でもない、けれど日本人でもあり、異国人でもある、この「へんな外人」という自分の自己像が吹っ飛んでしまうからだ。さらに、生まれ育った神戸での生活も一瞬のうちに消滅してしまい、「ここはどこ？　僕はだれ？」という混乱の渦に放り込まれることになる。

キックアウトになってしまったエディは居場所もなく、神戸の街を歩き回っていた。そうやって日々を過ごすうちに、「凄い女性」に出会った。元町の街角、船乗りたちが来る店の前だった。エディがそこでタバコを吸って船乗りと話をしていると、ファンキーなフィーリングの女性が店から出てきた。「カモン、ドリンク、インサイド」と笑顔で、関西訛の英語で言った。かっこいい大人の女の人だった。人の心を見抜くような鋭い目をしていた。化粧をして目が強調されていたからそう思ったのかもしれない。真っ赤な口紅、手と足の爪も真っ赤、フェラーリの赤みたいな赤だった。胸の谷間が見えるVネックのミニのワンピースを着ていた。長い髪の毛は栗色に染めていた。ちょっとヤバイ感じのお姉さんだったが、エディは彼女に一目惚れだった。荒くれ者の船乗りたち相手に、彼女は友達の女性と二人でこの店をやっていた。

店内に入ると船乗りはビールを注文し、静かにそれを飲んでいた。エディはお姉さんと話をした。エディは日本語が話せるから、お姉さんはエディにいろいろ話しかけてきた。エディのことをダイアナ・ロスの曲に出てくるLove Child★と呼んだ。

「Love Childまた、おいでな」

「ほな、また明日」

エディはそう答えて、それから毎日、このバーに通った。店を手伝い、小遣いをもらうようになった。

★愛の子

この店には、いろいろな国の船乗りたちがきていた。パナマの船員で、ヴゥードゥー信仰のシャーマンみたいな船乗りには驚いた。店に入ってきて、英語でエディに注文してきた。

「生きた鶏が欲しぃんだ」

「生きた鶏?」

エディは驚いてお姉さんの方を向いた。

お姉さんはちょっと考えて返答した。

「OK、トモロ、カムバック」

お姉さんがどこで鶏を手に入れたかわからないが、翌日、生きた鶏が入った箱が店の中にあった。パナマの船乗りは若い船員と一緒にやってきて、鶏を手に入れてくれたことを感謝してお金を支払った。鶏を抱いて店の外に出ると、そこで呪文をとなえながら、ポケットから出したナイフで鶏の首を切り落とした。道路に血をたらしながら、鉄のマグカップに血を入れた。それを若い船員に差し出した。若い船員はこれを飲んだ。

店内を振り返り、船乗りはエディにスペイン訛の英語で言った。

"He'll be alright now. He'll be alright.★"

船乗りは鶏の死骸をぶら下げたまま歩き去った。

エディとお姉さんは、ただただ唖然としてみているだけだった。道路にたらした血は、乾いたアスファルトに吸い込まれたが、黒いしみは何日も残った。

船乗りのなかでも、フィリピンの船乗りたちは、とにかくカッコよかった。髪の毛はリージェント・スタイルで、店内の有線でR＆B★★を聞いていた。フィリピンの船乗りたちは、ほとんど全員、R＆Bが歌えた。そして、グラス★★★をも

★「これで彼はもう大丈夫だ、もう大丈夫だ」
★★リズム＆ブルース
★★★大麻

っている者も多かった。エディは彼らの話を遅くまで聞いていた。

閉店時間になると、いつものように、酔い潰れた船乗りをお姉さんが引きずり出した。他のバーの女の人たちや、地回りのヤッちゃんも手伝ってくれた。そして、客が全員、店を出た後、若いフィリピン人の船乗りと待ち合わせをして、船着場までいった。そこで、エディとこの船乗りは二人でグラスを吸った。

エディのポケットに入っていたトランジスターラジオからは、オーティス・レッディングの"Dock of the Bay"という曲が流れていた。エディとフィリピンの船乗りは二人で、まさにdock of the bay★に座って、グラスを吸って夜明けの海を眺めた。

♪ 朝日の中で座っている
夕方になってもまだ座っている
船が入港するのを眺めて

★日本語にすると、「港の船着場」。

船がまた出港するのを眺める
港の船着場に座って
潮がひいていくのを眺める
港の船着場に座って
時間を無駄に過ごす★

ラジオの曲の歌詞と実際が本当に一致していて不思議だった。グラスのせいか、笑いが止まらなかった。

お姉さんはパワフルな女性だったが、たまに、まったく違う顔も見せた。疲れた弱い女の顔、薬が切れた顔だった。そういうとき、お姉さんは機嫌も悪く、疲れた様子だったが、エディはそういうお姉さんも好きだった。そういうとき、

★Sitting in the morning sun
I'll be sitting till the evening comes
Watching the ships roll in
And I'll watch them roll away again
Sitting on the dock of the bay
Watching the tide roll away
Sitting on the dock of the bay
Wasting time

エディにいろいろなことを頼むので、エディは、少しは頼りにされている気がしていた。

ある日、切れていた薬が届いた。彼女はカウンターの角に立った。

「Love Child こっちを見ないでね」

彼女はそう言ってしゃがみ込んだ。

「ああ、わかった」

エディは彼女の視界から消えた。しかし、今から何が起こるのかドキドキしながら、隠れて見ていた。

お姉さんは注射器を取り出してヒット★していた。しゃがんでいるお姉さんの太ももには刺青が見えた。うち太ももに大きなバラの刺青があった。エディがハード・ドラッグをヒットしている人を初めて見た瞬間だった。

★薬を使用すること

ほとんど毎日、通ったバーだったが、エディは何日か店にいかない日もあった。

そして、ある日、店にいってみると、店は閉まっていた。

次の日も、そしてその次の日も、何日たっても、店はまだ閉まったままだった。

隣の店のおばちゃんに聞いてみると、こう言われた。

「あんた、もう、こんなとこ、来たらあかんで」

何が起こったのかわからなかった。でも、やっと見つけたひとつの居場所がなくなったのは事実だった。

一九七一年五月、エディはスーツを来て、インド行きの飛行機に搭乗した。

（本書のメイキングを再現した特別製作映像）

エディにとっては、生まれて初めての「海外旅行」だった。日本を離れたことがなかったから、もちろん、国際線に搭乗するのも初めてのことだった。男性はスーツを着て乗るものだと思っていたし、実際に搭乗している男性はほとんどがスーツかジャケットを着ていた。飛行機はエールフランスのボーイング七〇七型機◉だった。伊丹発、バンコク経由ボンベイ★行きだった。飛行機の機内は乗客が少なかった。

エディは昨日のことを思い出した。母親が「すき焼きパーティ」をしてくれた。トム、ピーターや、あと数名の仲間たちが集まっていた。肉はいっぱいあったし、母親は、なんと、ビールまで出してくれた。「俺の母親もすごいな」とエディは思っていた。すき焼きパーティを楽しんだ余韻を、ゆっくりと味わっていた。

飛行機が離陸したあと、キャビン・アテンダントにカクテルを頼んだ。未成年なのに、意外にも、あっさりもってきてくれた。酒を飲んで、何も感じない

◉ボーイング707（エールフランス）

★1995年に名称が改まって現在はムンバイ

ようにしようとしていたのだ。
ジャニス・ジョップリンが歌う“Me and Bobby McGee”という曲が頭に浮かんできた。そのワンフレーズが好きだった。

♪　自由は、失うものは何もない、ということの別の言い方なんだ★

そう、失うものは何もないように思えた。妹ミラや母親のことは気にならないわけではなかった。でも、失うものは何もない、自由な感覚だった。これから先の自分の人生に期待さえも感じられた。寂しい感じは確かにあったが、不安は感じなかった。むしろ、それは人生の新しい扉を開くような感覚だった。扉の手前に今までの苦悩をすべて置き去りにして、扉から出ていくような感覚だった。
カクテルをもう一杯頼んだ。

（本書のメイキングを
再現した特別製作映像）

★Freedom's just another word for,
nothing left to loose.

だんだん酔っ払ってきた。ずっとある島を見ていた。とても綺麗な島だった。でも不思議なことに、島はまったく遠ざかっていかなかった。不思議な島だ、と思いながら、ずっとその島を見つめていた。だんだん気分が悪くなってきた。機内では、「未成年者に酒を出したのか」みたいなことをキャビン・アテンダントたちが話しているのが聞こえてきた。少し眠ったのかもしれない。目が覚めても、島はまだ窓の外の同じところに見えていた。

バンコク到着直前になって、それは島ではないことに気がついた。空の青い色が主翼に反射して、それが海のように見えていたのだ。島は主翼についていた染みかなんかだった。それをずっと島だと思い込むほど酒に酔っていた。バンコクに着陸するまで、ずっと気分が悪かった。

バンコク空港では給油中にトランジット・エリアに出られた。機外に出た瞬間、猛烈な暑さと湿気に見舞われた。空気が湿気で重たかった。ナイフで空気を切り取ることができそうなくらい空気が濃かった。

蒸し暑いバンコクを後にして飛行機は再び離陸した。フライトはバンコクからボンベイへのストレッチに入って、客はさらに減ったようだった。ここから先は、神戸に残してきたことよりも、これから先の新しい生活への想像や期待が膨らんできた。人生の新しい扉を開いて、インドでの新しい生活に踏み込んでいくようなイメージが浮かんできた。

ボンベイの空港では、叔母が出迎えてくれることになっていた。一度、日本に来たことがあるこの叔母は、インドでたった一人だけ、面識のある親戚だった。一緒に生活することになるのは、祖父母の家だったが、祖父母には会ったことがなかった。祖父の家には、どんな人たちが、どんなふうに生活しているのだろうか、扉の向こう側を早く覗いてみたかった。

エディは航空路線図を手にとって、飛行ルートを見ていた。エールフランス機はベンガル湾を渡り、インドの上空を横断していた。窓から見える新しい地

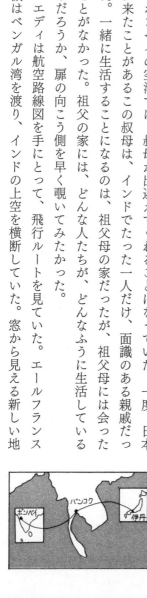

平を地図と照合していた。そうしているうちに、エールフランス機は最終目的地のインドはボンベイ、サンタクルーズ空港に着陸した。

人生の新しい扉

第二章

夕日に包まれたボンベイ、サンタクルーズ空港にエールフランス機は到着した。

エディにとって、サンタクルーズ空港はまるで外国映画のセットだった。そして自分は映画の主人公になったかのような気分になった。ここには、エディの想像を遙かに超えて英国の旧植民地文化が色濃く残っていた。バンコクの空港とは違って、案内標識はすべて英語だった。英国風の制服を着た警察官や入国管理官が、とにかくカッコイイと感じた。

天井にはヘリコプターのローターのような、大きな扇風機が吊るしてあった。空港ビルは古くなってはいたが、コロニアル風の建築物だった。空港の外にもコロニアル風の建物がたくさんあるのが目に入ってきた。エディにとっては初めての「海外旅行」。異国情緒に浸っていき、この光景は自分が生きている現実の世界のようには思えなかった。

ヨーロッパ映画のセットのようにも見えた光景は、目が慣れるに連れて紛れもなくインドである事実が立ち現れてきた。英国風の制服をビシッときめているのは、ターバンを巻いたシークだったり、その他のインド民族の人々だった。ツバを吐いている人も多く、これはヨーロッパ映画ではあり得ないほど不衛生な感覚だった。しかも、ツバは血のように赤かった。ツバを吐いている人の歯も真っ赤だった。〈血を吐いとるで！　みんな結核か?!〉とエディは驚いていた。後になって知ることになるが、これは「パン」という一種のチューイング・タバコだった。★タバコの葉だけではなく、カルダモン、ライム、メンソールな

🔍📷「コロニアル風建築」
🔍🔍📷「シーク教」
★Pan Parag

ど、いろいろな葉からできていた。葉は緑色だが、噛んでいると赤くなる。後になって、それはいい香りがするものだと知ったが、それを吐き出すと、ツバは真っ赤、血のように見えた。

ヨーロッパにアジア・インドのテイストがブレンドされている映画に迷い込んだような感覚だった。入国管理官や税関職員は英語を話していた。だけど、それは神戸で馬鹿にしていた強いインド訛の英語だった。面白おかしい気分で入国し、通関手続きを済ませた。

通関して出口を出たところに、叔母が待っていた。「アカーシャおばさん」は、インド在住の親戚で唯一面識がある人だった。

“Hey! Welcome Eddy”

エディを歓迎して、軽くハグしてくれた。とても嬉しかった。

アカーシャは叔母とは言っても、年齢は二十八歳だった。若くて、優しそうな大きな目をしていた。それに比べて、小太りで下腹が出ている旦那のゴパルはちょっと気に食わない奴だった。

エディはアカーシャの家族と二日間、一緒に過ごすことになっていた。それからプーナに住んでいる祖父の家に移動することになっていた。今後のエディの生活の場はプーナ★に移ることになっていた。

ゴパルの車でサンタクルーズ空港から三〇分ほどのところにあるボンベイ市内のアカーシャたちのフラット★★に三人は向かった。エディは映画のシーンのような街並に見とれていた。映画で見たことがあるヨーロッパの街並のような並木通り、凱旋門のような建造物、コロニアル風の家々、目に映るものはすべて新鮮だった。また、道端でグラス★★★を平気で吸っている人も見かけた。日本では想像できない、この不思議な世界にワクワクしていた。

★現在のプネー
★★日本でいうマンション
★★★大麻

アカーシャたちのフラットは日本では想像もできないほどの大きさだった。二百平米はあるだろうか。そこで、夫婦は六歳の子どもと一緒に暮らしていた。六歳のアニルという子は、旦那ゴパルにそっくりな顔をしていて、同じように小太りで下腹が出ていた。おかしな親子だった。あと、何人かの使用人が同じフラットで暮らしていた。

「さあ、エディ、食べてくれ」——ゴパルがそう言った。エディにとっては初めてのインドでの食事だった。マトンや野菜など三種類のカレー料理とチャパティなどがプレートの上に並べてあった。

「ありがとうございます」

「エディ、日本ではいろいろ苦労はあったと思うけど、しばらくほっとして、落ち着いて暮らしてね、こっちで」——アカーシャが優しく言ってくれた。

「はい」

「エディ・バイ★、日本の神戸から来たの？」——六歳のアニルが聞いていた。

英語がちゃんと話せるのにエディは驚いた。

「そうだ」

「日本って寒いの？」

「まあ、ボンベイよりは、ずっと寒いよ」

「どれくらい？　雪は見たことがある？」

「あるよ。神戸でも年に一、二回は雪がふって、街中が真っ白になる」

「へえ～、で、スキーはできる？」

「もちろん、日本ではできる。でも神戸は日本でも暖かいところにあるから、神戸ではできないけどね」

「ニーラム！　ニーラム！」——アニルは、いきなり大声で使用人の女性を呼んだ。

★バイはヒンドゥ語で「兄弟、兄貴」

あまりにも強い口調でアニルが言ったので、エディは一瞬、驚いた。何か、悪いことでも言ったのかと心配になった。アニルの声を聞いて、使用人のニーラムは慌てて、台所からダイニングに駆けつけた。

「はい、おぼっちゃま。何か？」

インドの言葉で、使用人はそのようなことを言ったに違いないとエディは推測した。

「レケジャ！　レケジャ！」

アニルは使用人ニーラムの顔を睨みつけて、怒っているような口調で命令した。同時に右腕を振って、「これを下げろ、もっていけ！」という動作をした。

なんと生意気なガキだ、とエディは驚いていた。今まで、礼儀正しく話していたのに、いきなり性格が変わったのか。偉そうな態度で使用人に「食べ終わっているのが見えないのか！　下げろ！」という顔をして、ニーラムを睨みつけて、インドの言葉で何か言っていた。何が起こっているのだろう、と少し考えてみた。

カースト制度だった。話には聞いていたが、これがカーストの現実なのだと初めて実感した。六歳の子供でさえ、こんなに大きな態度で自分たちよりも低いカーストの使用人には話すのだ。同じインド人で、同じような顔をしているのに、カーストが低いものは差別され、普通に話しかけてもらえない。この現実をどう理解したらいいのか。これから、この現実とともに、どう生きたらいいのか、混乱を感じはじめた。

「エディ・バイ、ところで、スケートはしたことがあるの？」

再び人が変わったかのように、アニルは変身して礼儀正しくなり、エディに話しかけてきた。

「あ、ああ」

「神戸で？」

「ああ、神戸の深江というところにスケートをするための室内の施設があって、そこを貸し切りにして、神戸の国際学校は共同でスケート・パーティをよくしていたんだ」

「室内なの？」

「そう」

「で、そこで練習して滑れるようになったの？」

「そう……」

「エディはスケートも練習して滑れるようになった、バイクも練習して乗り回すようになった、ということか」——いきなりゴパルが会話に入ってきた。

「……」

〈バイク？〉エディは戸惑った。〈バイクで事件を起こしていることをゴパルやアカーシャは知っているのか？〉

「ゴパル、今は、そんなこと言わなくてもいいじゃない、それはもう、過去の

ことなのだから」——アカーシャがフォローしてくれた。
「これからは、盗みとかは止めて、ちゃんと法律を……」
「ゴパル、そんなことは、今はいいでしょう！」

このあと、ゴパルとアカーシャはシンディー語で話し出した。何を言っているのか、エディにはわからなかった。でも、自分のこれまでの悪事がこと細かく伝わっていることは感じられた。二人はその話をしているのに違いない。

二人がシンディー語で話しているうちに、エディのなかでも連想が進んだ。インド商人はネットワークをとても大切にしている。神戸在住のインド人は頻繁に交流し、常に情報交換をしている。神戸北野町のインド倶楽部やシンディー族が集う六甲のISS★はインド人の社交の場で、彼らはいろいろな情報を交換しているのだ。

神戸のインド人たちの多くは貿易で生計をたて、ボンベイあるいはニューデ

★インディアン・ソーシャル・ソサエティ

リー、バンコク、神戸といったルートを行き来していた。このルートは偶然にも、エディが伊丹空港からインドに飛んだエールフランス機の飛行ルートと同じだった。これらの街にインド商人は暮らしていて、ネットワークをもっていた。彼らの子どもたちは神戸の国際学校にいき、親戚はバンコクの学校にいき、また別の親戚はボンベイの学校にいっていた。

こういった情報網のなかで、「エディ注意報」が流れていたに違いない。

「今度、神戸からボンベイにやって来るエディという奴はワルだ、気をつけろ。学校で従兄弟たちが同級生になったら、つき合わないようにしろ」そんな注意報だろう。そして、噂は徐々に着色され、大げさに膨らんでいったのだろう。

シンディーのネットワークか、とエディは一人で考えた。腑に落ちた気がした。★

九世紀ごろに編集されたアラブの物語集『千一夜物語』のなかに「シンドバ

★インドは多くの部族・民族によって構成され、インド人はお互いを部族で認識している。部族が違えば言語・習慣や宗教までもが異なってくる。ヒンドゥの者はインドの公用語のひとつヒンディー(ヒンズー語)を話す。彼らの宗教はヒンズー教。プンジャブの者はプンジャビ(パンジャーブ語)を話し、彼らの多くはシーク教徒。エディは、シンディー(シンド族)。Sindhiとは、「シンドの」という意味で、シンドの民族や言葉を指している。 ↖

ッドの冒険」という物語がある。実在したかどうかわからない主人公「シンドバッド」は、現在のイラクのバグダッドあるいはバスラというところに住んでいた貧しい船乗りだった。物語は、シンドバッドがインド洋を航海して冒険する姿を描いている。

彼の名の「シンド」はシンドの地を指すという説がある。その地のシンディーは、カラチを拠点にインド洋を航海していた。だから、シンディーの多くは、シンドバッドはシンディーだったと確信している。シンドバッドはシンディーのヒーローなのだ。

エディもそのシンドバッドに憧れていただが、エディがアカーシャのフラットで直面させられた現実は、シンドバッドの名前Sindh-badを反対から読んだBad-sindh(i)「悪者シンディー」に他ならないものだった。自分が知らないところで、自分についての悪い噂は、シンディーのネットワークに乗って、エールフランスのボーイング七〇七よりも早くインドに到着していたことには、脅威を

↘　シンディーは、インドの北西側、現在のパキスタンに由来する民族。パキスタンには「シンド州」というところが現存する（首都はカラチという港）。Sindhiは、現在のパキスタンから東は現在のインド、北北西はアフガニスタン、イラン、イラクあたりにまでに住み着いていた民族。のちにパキスタンがイスラム教になったため、Sindhiはインドに住み着くか、あるいは世界のあちこちに散っていった。

感じる以外になかった。

アカーシャとゴパルのシンディー語の会話は段々ヒートアップしていった。アニルはデザートを食べて、使用人ニーラムに何やら厳しい言葉を浴びせかけて、リビングに移ってテレビを見ていた。

「疲れているので、もう寝ます」——エディは二人の会話を遮った。

「あら、そうよね、エディ。長いフライトだったものね。あなたが泊まるゲストルームはどこか、わかっているわよね」——優しいアカーシャが言ってくれた。

「はい」

「エディ、おやすみ」——下腹の出っ張ったゴパルが言った。

ボンベイでの最初の夜。エディは複雑な思いに耽っていた。機内で思い描いていた人生の新しい扉は、サンタクルーズ空港の到着出口でいきなり開くものではなかった。まったく環境が異なる異国の地で荷物をもったまま、扉の前で途方に暮れているような気持ちになってきた。そんな沈んだ気持ちのまま、窓の外の異国、ボンベイの住宅地を眺め、いつの間にか眠りについた。

翌日、ダダジー★が住むプーナから、アカーシャの姉妹、パドゥマとドリーが迎えに来てくれた。彼女たちと一緒に一日を過ごした後、ダダジーの待つプーナへと列車で向かった。

ボンベイ・ヴィクトリア駅◉は歴史的建築物だった。駅舎は英国人によって建設され、それは巨大な教会かホテルのように見える赤茶色い建物だった。屋根にはドームがあり、アーチ型のバルコニーや窓があった。こんな駅舎は日本で

◉ヴィクトリア駅

★「ダダ」はヒンドゥ語で祖父、敬愛を表して「ダダジー」。

は見たことがなかった。

日本育ちのエディは日本の鉄道は立派だと思っていたが、イギリスの鉄道は地球規模だった。オリエント急行の線路はロンドンから東に伸びていき、イランとアフガニスタンの国境付近で、ベンガル湾のビルマ★からきた別の線路と合流していた。つまり、ロンドンからインドまでが、一九三〇年頃には、鉄道によって結ばれ、客や荷物がそれに乗って往来していたのだ。それを思うと、イギリス鉄道の凄さが身に響いてきた。さらに、エディたちが乗る汽車、あのパワフルで巨大な蒸気機関車が駅に入ってきたときには、エディは完全に圧倒されていた。

一等車にエディと二人の叔母を乗せた汽車は八時間かけて、プーナまで走った。途中の山岳地帯から海が見えた。大きな川がボンベイの方へと流れ、その向こうに湾があった。まるで、映画のシーンそのものだった。目的地のプーナはデッカン高原にあって、標高は海抜五六〇メートルと高いから、英国植民地時

★現在のミャンマー

Youtube:“Mumbai to Pune Railroad” で現在の車窓の眺めが味わえる

代は、そこは夏の首都だった。コロニアル時代のサマーリゾートの風情を残す街だった。

プーナの駅からはタクシーに乗った。そして、到着したところには赤いターバンを巻いたポーターたちがおり、エディたちがタクシーを降りると、彼らはエディのスーツケースをタクシーのトランクから降ろし、頭の上にのせて運んでいった。驚くことばかりだった。

ダダジーの家はフラットだった。このフラットは塀によって囲まれたところにあった。塀の中に五棟ほどの五階建てのフラットが立っていた。塀に囲まれた敷地への出入口は一ヵ所で、そこには警備員が立っていた。この一郭はパダムジー・コンパウンド★と呼ばれていた。塀の中には英国風のガーデンがあり、中央には、かつて噴水やプールだったところがあった。噴水は、今は停止した

★コンパウンドは集合住宅

ままになっていて、プールには水は入っていなかったが、このコンパウンドを建設し、そこに居住していた英国人たちが塀に囲まれた敷地の中でイングリッシュ・ガーデンや噴水を楽しみ、プールで泳いでいる姿が目に浮んだ。

ここに住んでいることから想像できるように、ダダジーは経済的に恵まれていた。シンディーのトラスト・ファンドを管理していた。トラストは銀行とは別の仕組の基金で、★若いシンディー起業家たちをサポートしていくファンドだった。ある程度の年齢に達したシンディーの事業家は、そのトラストの管理者となり、そのトラストから報酬をもらっていた。

ダダジーはそんな名誉ある仕事をするのに十分な貫禄をもっていた。年齢は六十代の後半で、頭はツルリと禿げていた。小太りで、身体中がとても毛深い人だった。耳の穴からも毛が生えてきていた。話すときには、ソフトだが押しの強い声で話した。

ダダジーには子どもが七人いた。男三人、女四人だ。長男はエディの父親だ。

★ 一族で資金をプールして、身内の誰かが新しい事業を起こすときには、そこから資金を安い金利で貸し出す仕組になっていた。事業が成功したときにはドンっと返し、トラストに寄付する者もいた。

他に息子が二人いた。この二人はイギリスの大学に進学して、その後、南アフリカなどに移り住んでいた。娘のアカーシャは結婚してボンベイに住んでいた。あと三人の娘が老夫婦とともに、この家に残っていた。ボンベイまで迎えにきてくれた三十歳前後のパドゥマと二十代前半のドリー、それに十六歳のミヌだ。

パドゥマはプーナ大学で心理学の博士号を取得した心理学者だった。いつもガーナ人の男友達と付き合っていた。この男たちは世界的に有名なプーナ映画研究所に留学していた学生たちだった。

ドリーはチャラチャラした感じの会社員、日本でいうOL★だった。

ミヌはエディと歳もかわらなかった。いちばん若いので、家族中で可愛がられて育っていた。実際に祖父からみれば、孫といちばん下の娘がほぼ同じ歳なのだから、それこそ「孫のように可愛がって」娘を育てていた。ミヌのピチピチした肌と可愛らしい表情にエディは一目惚れだった。ミヌがソファでうたた寝をしているときの顔に見とれてしまうことがあった。だけど、親戚だし、ど

★当時の日本では女性会社員をOLと表現した

うにもならないから、惚れてしまわないよう気をつけていた。

エディの祖母にあたるダダジーの奥さんは小柄な女性でシワが多かった。この家ではMommyと呼ばれていて、ダダジーが子供たちを叱ると、いつも子供の肩をハグして、「いいのよ、いいのよ、ダダジーもそんなこと言わなくてもいいのにね」と優しくフォローしていた。

ダダジーは大工を呼んでエディのために部屋を改装させていた。バルコニーに開く大きなインナー・バルコニーのような部屋をリフォームしてエディの部屋にした。収納式ベッドも作らせた。ここがエディの新しい生活の場となった。明るい、広い部屋だった。だけど、娘たちの部屋はもっと広かった。二階まで吹き抜けた天井の高い部屋で、それぞれにロフトがあった。

居心地のよさそうな住環境ではあったが、エディにはボンベイで感じた混乱がつきまとっていた。そのひとつは自分に対する悪評だった。

「エドゥ★、君のピタジー★★はトラブルメーカーでなぁ」

チャイを片手にダダジーが話しかけてきた。ダダジーは家族のなかでいちばん早く目覚め、みんなのチャイを作ってくれていた。

「トラブルメーカーって？」

「まあ、昔のことだけど。君のピタジーは家にあったお祭り用のシルバーやゴールドのお皿を家からもちだし、売りさばいてしまって、旅にいってしまったんだ」

「旅にいった？」

「そうだ。それっきり、ぜんぜん帰って来ないんだ」

「どこに旅にいったんですか？」

「よくわからない。しばらくはボンベイにいたようだ。それから、あちこち、外国にも住んでいたようだが、それから連絡がとれなくなってしまった」

「ふ〜ん、でも日本にいたことは知ってるんでしょう？」

★この家ではエディはあだ名でこう呼ばれていた
★★ヒンドゥ語で「父親」

「ああ、そうだ。そのころは手紙で連絡が取れていた。君のマミーと結婚したことも、君と、君の妹ミラが生まれたことも知っていた」

「ピタジーからは、その後、何の連絡もないの？」

「ここ四、五年は何の連絡もないね。情報もないね」

「ふ〜ん」

「奴はトラブルメーカーだからなぁ。ところで、君のことだ……」

「俺のこと？」

「そうだ」

「なに？」

「君のピタジーもトラブルメーカーだった。その息子なのだから、君もトラブルメーカーだろう」

「……」

エディは返す言葉が見つからなかった。父親がそうだから、子もそうだ、というのは理屈が通るような、通らないような妙な発言だった。インド的な発想なのだろうか。いや、しかし、もしも自分がトラブルメーカーでないのなら、今ごろプーナのダダジーの家にいるはずがない。そう思うと、反論の余地はなかった。

「エドゥ、母親が君をちゃんと育てていないから、こういうことになるんだ」

「母親？」

たった今、父親がトラブルメーカーだから君もトラブルメーカーだ、という妙な理屈をこねたかと思ったら、今度は母親？　エディは反発を感じた。

「人の人格形成には、母親は大切なんだ。君の母親は……」

「いや、母親とは関係がないですよ」

母親とは何度も大喧嘩をしてきたが、「母親のせいだ」という発言には抵抗を感じた。母親のことを悪く言うのは許せないと思ったが、これは言葉にならなかった。

「いや、関係があると思うよ」

「いやいや、俺がいろんなトラブルになったのは、俺自身のせいなんですよ。母親とは関係がないですよ」

口に出してみてわかったが、これが本当の気持ちだった。

「まあ、まあ、あまり感情的になるな。これからはな、ダダジーが君を立派な人間に育ててやる」

「立派な人間？」

何が立派な人間だ、とエディは心のなかで思った。

「ところで、立派な人間、立派なシンディーになるために、まず君にできることは何か、言ってあげよう」

「な、なんですか？」

「そのエドゥ、エドワードか、その名前はやめておけ。君には、ちゃんとしたインドの名前があるだろう」

「名前？」

「そうだ、どうしてインドの名前を使わないんだ」

「キシンチャンのことですか？」

「そうだ、君の本当の名前はキシンチャンだろう」

「キシンチャンは俺のミドルネーム。俺はずっと、小さいころからエドワード、エディと呼ばれて育ってきたんですよ。今さら変えられないですよ」

「いや、変えられる。エドワードをミドルネームにすればいいだけのことだ。インドではキシンチャンにしておけ」

「嫌です」

何という押しの強いジジイだ、とエディは心のなかで思った。また、エディは自分をまるごと否定された気になってしまった。

ダダジーとの話は、いつも平行線だった。

エディのもうひとつの混乱は、社会の仕組がまったくわからない混乱だった。カースト制度がその最も顕著な例だった。言葉は、英語での意思疎通に問題はなかったし、家の中でも英語で話していたので不自由はなかった。だが、たとえ家の中でも、カースト制度に代表される社会の仕組は重圧のように感じられた。

もちろん、ダダジーの家にも使用人たちが何人もいた。もっともカーストが低いものはトイレとバスルームを掃除しているハリジャンたちだ。一軒の家のトイレを掃除するのではなく、何軒もの家を回って掃除していた。とにかく、シンディーはハリジャンには触れてはいけないし、話をしてもいけないと言われた。ハリジャンは町外れの村に住んでいて、物理的にも社会的にも差別されていた。ハリジャンとは別に、ドービーと呼ばれる、洗濯と床掃除専用のカーストがあった。彼らは、洗濯物を川にもっていって洗っていた。

エディは最初から怪しいと思っていたが、シンディーは、自分たちはブラーマン★という最高のカーストだと信じていた。エディがこれを怪しいと思い始めたのは、シンディーのなかにも、「本物のブラーマン」と呼ばれる人たちが存在しているからだ。本物のブラーマンがいるのなら、自分たちは何なのか、と考えてしまう。でも、シンディーは金持ちで社会的地位があるから、誰も文句は言わない。疑いだすときりがないが、シンディーたちは実際にブラーマンの格好をして、堂々とお祭りなどの行事に出かけていた。

シンディーは最高のカーストだから清らかで、ハリジャンやドービーに触れたり、話したりするだけで汚れると信じているのだ。最初のころ、エディはこれがわからなくて、何度も注意されていた。しかし、いくら注意されても、そしてハリジャンやドービーに触れないようにしたとしても、心のなかではカーストというシステム自体に対する疑問は残った。そしてインドという社会がわ

★ブラフマン・バラモン。宗教家、哲学者、学者、教師のカースト。

からない、という感覚が重圧のように感じられてきた。

パダムジー・コンパウンドに住むようになってしばらくたってから、カーストをめぐる新たな問題が発生した。それは料理を手伝っているメイドのメアリーのことだった。料理を作るのは、汚らわしいとされるハリジャンやドービーではあり得ない。メアリーは名前から想像できるようにキリスト教徒だった。根底にヒンドゥ教があるカースト制度は、クリスチャンには適用されない。

メアリーはエディと同じ歳で、とても感じのいい子だった。エディは、メアリーとはどこか相性がいいように感じていて、よくしゃべっていた。そのことを注意されることもあったが、それでもエディはメアリーに好感をもっていた。叔母のパドゥマやドリーはメアリーの料理にいちいち口を出し、メアリーがいじめられているように思えることもあった。メアリーが可哀想に思えた。ときどきエディは、Ｔシャツなど、ちょっとしたプレゼントをメアリーにあげていた。

「エドゥ！　カーストが低いものとは話をするな。プレゼントをするなんて、とんでもないことだ！」

　またダダジーに注意された。

「いいじゃない、メアリーはクリスチャンだろう」

「そうかもしれないが、われわれはシンディーだ。身分の低いものとは、不必要に接触してはいけないんだ」

「同じ人間じゃないですか！」

　こういうことを言っても通じないことはわかっていた。そして、シンディーの傲慢な態度が鼻についた。

「いや、エドゥ、ここはインドだ」

　そう言われると、反論の余地がなかった。

翌日、別のメイドさんがやってきた。メアリーはクビになっていた。それ以降、メアリーに会うことはなかった。

エディは徐々に孤独を感じるようになってきた。同じ人間観を共有している人がいないように思えてきた。

ときどきトムから手紙がきた。手紙を読み、同封されている写真を見るひとときだけが孤独感からの解放だった。トムは手紙の中に、いつも二〇米ドル紙幣をはさんでくれていた。ありがたかった。日本では一ドルは三六〇円だから、日本円で七二〇〇円だった。神戸市バスは運賃が二〇円だったから、これは日本円でも結構なお金だ。そして、二〇ドルをルピー★に換金したら、けっこう遊べた。でも寂しさは消えなかった。

母親とは何度も口論して、いろいろ悪いことを言ってしまったと後悔するこ

★インドの通貨

ともあった。妹にも会いたかったたし、家がどうなっているのか見たい気持ちがあった。でも、これらはできないことだった。

母親とのコミュニケーションには本当に苦労した。国際電話は一般家庭からはかけられないから、手紙でやりとりをするしかなかった。しかも母親は、英語はほとんど書けない。そしてエディは、日本語が書けない。

神戸のインターナショナル・スクールでは授業は英語だった。四年生から外国語としてフランス語を学んだ。八年生になったころに、外国語として「日本語」という選択科目ができたが、エディはそれをとっていなかった。というよりも、そのころは学校にほとんどいっていなかった。

だから母親への手紙はローマ字で書くほかなかった。これを実際にやってみると、あまりにも面倒で、思うように表現できないイライラ感が募るばかりだった。母親から日本語の手紙がきても、読めない部分が多かった。日本語の読み方を教えてくれる人もいなかった。ただただ孤独に感じられた。

インドで見る月は大きい。エディはその月を見ながら涙がこぼれそうになっていた。月に向かって、皆への思いを託して祈るような夜を何度も過ごした。月を見ながら、何か言葉にしようと思うと、出てくる言葉は、いつも「俺は大丈夫、心配するな」という言葉だけだった。反対に言えば、「俺は大丈夫」と自分に言い聞かせなければならないくらい、大丈夫ではなかった。

エディはプーナでいちばんいい学校として知られるセイント・ヴィンセンツ・ハイスクールに通うことになった。学校のキャンパスはまるで英国のカレッジみたいだった。セイント★で始まる学校名から明らかだが、ここは神戸のインタ

「St. Vincent's High School, Pune, India」
★キリスト教の「聖人」

ーナショナル・スクールと同じカトリックの男子校だった。

　教員にはブラザーやシスターは少なく、ファーザー★が多かった。黒い衣装を着ていた神戸のファーザーたちとは違って、こちらでは白い衣服を着ていた。ファーザーたちの他には、一般の教員もいた。教員はヨーロッパ国籍の者が多かったが、生徒はインド人がほとんどだった。学校はどんなカーストの生徒も受け入れることを宣言していた。

　インドの新学期が始まる六月にエディはこの学校に編入した。神戸の学校で八年生をほぼ終えていたので、セイント・ヴィンセンツ・スクールでは九年生に編入するものだと思っていた。ところが、なかなかそうはいかなかった。入学担当の先生、大柄で立派な顎髭をはやしたポルトガル人のファーザー・トスカーノと交渉した。


「ファーザー、俺は、八年生は終わっているんですよ。神戸の国際学校は新学

★神父

期が九月で、学年の終わりが六月ですよ」

「エドワード、制度が違うんだよ。神戸の学校はアメリカ式だろう」

「そうです」

「こちらはイギリス式だ」

「え、イギリス式？」

「そう、ケインブリッジのスタンダードを用いた教育システムだ」

「どう違うんですか？」

「あっちは十二年制、こっちは十一年制だ」

「それで、俺は八年生が終わっているから、今度は九年生、それには変わりはないでしょう？」

「いやいや、そういうことじゃないんだ」

「じゃあ、どういうことですか」

「十二年制で八年が終わっているのなら、残りは四年間だろう。九年生、十年

生、十一年生、十二年生」

トスカーノ神父は指を折って数えた。

「こっちは十一年制だから、十一年まであと四年といえば……、八年生、九年生、十年生、十一年生……、うん、君は八年生に編入だ」

「ちょっと待ってくださいよ。それは、おかしいですよ」

エディは一年、損をしている気がしてならなかった。

「どこがおかしいのかな」

「ええっと……、八年生だとみんな年下じゃないですか」

「そんなことはあるものか。インドでは何歳で学校を始めてもいいんだよ。六歳から始めて十一年の教育を受ける者、七歳で始める者、八歳で始める者……」

また、ファーザー・トスカーノは指を折りながら数えた。

「……九歳で始める者、十歳で始める者。年齢なんて関係がない」

釈然としないものが残った。そもそも学校にいくこと自体、積極的だったわけではない。しかし、こうなった以上、仕方がない。しぶしぶ八年生のクラスに入った。

教室に入るとすぐに、目に入った人物がいた。インド人で、クレメンスという名前の、静かで背の高い少年だった。その子がずっとこちらを見ていた。その子の目を見た瞬間に思い出した。

クレメンスはエディがインドに来る直前、インド行きが決定的となったその夜に、夢に現れた人物だった。クレメンスと机を並べて対面して、お互い肘を立てて、顎を両掌に乗せて、仲良く話している情景を斜め上から見ている夢があった。この夢にどんな意味があるのか、夢にでてきている背の高いインド人の少年はだれなのか、夢から覚めてずっと考えていた。その謎が解けた瞬間だった。

あ！　あの夢のなかの奴だ！　エディは内面で感激していた。

クレメンスとは、すぐに仲良くなった。とても優しい、害のない性格の奴だった。クレメンスもエディのことをどこか特別に思っていたようだった。すぐにエディと仲良くなり、いろいろなことを教えてくれた。学校のこと、インドのこと、どういう奴とは付き合わない方がいい、といった役に立つアドバイスを優しくしてくれた。

クレメンスの父親はインド海軍の将校だった。「海軍」と聞くとエディには特別なアピールがあった。憧れのような感覚だった。小さいころから格闘、コンバットや戦争には興味があった。海や航海やシンドバッドにも憧れていた。制服姿の軍人は誇り高き存在に感じられて、ワクワクしていた。

クレメンスとはまったく違うタイプのワルはこの学校にもいた。そういう連中は態度ですぐにわかった。コリンというワルとは、お互い何か通じるものがあるのか、一ヵ月もしないうちに打ち解けて、一緒にグラスを吸ったりしていた。彼は南インドのゴア出身で色黒だった。父親は亡くなっていた。父親不在の家庭という一面では、エディとよく似た状況を生きていた。

もともとエディは学校にいきたいかどうかはわからなかったし、学校にいったとしても、すぐにドロップアウトするつもりだった。だけど、エディはいきなり不登校にはならなかった。

その理由はいくつかあった。まず、この学校の卒業生の多くがNDA★に進学していることに魅力を感じていた。このころ、エディは軍人になりたいと感じるようになってきていた。

そのほかに、課外活動のなかにNCC★★というものがあった。日本語にすると、「国立・士官候補生・兵団」となるだろう。インドでは、日本のボーイスカウトのように、課外活動としてNCCがあった。NCCの訓練を受けた者は、一般の志願者とは違って下士官★として軍に入隊できるため、生徒たちはNCCの訓

★National Defense Academy（国立防衛大学）
★★National Cadet Corps

練には真剣に取り組んでいた。国防大に進学することを考えていたまじめな生徒たちに加えて、ワル仲間になっていたコリンも入隊していた。

エディは神戸でもボーイスカウトに入っていたことがあった。だが、NCCはボーイスカウトとは比べものにならないカッコ良さがあった。制服も、まるで軍服そのものだった。もちろん、士官候補生の一部隊なのだから、訓練もボーイスカウトとは全く違って、銃剣訓練、ライフル射撃訓練など、本格的な戦闘訓練がなされていた。

NCCに躊躇なく入団した。やっとここで、エディの人生の新しい扉が開きはじめた感覚が芽生えてきた。

叔母のパドゥマにはガーナ人の男友達が何人かいた。映画研究所★の留学生た

★non-commissioned officer

ちだった。彼らは暇さえあればパダムジー・コンパウンドのフラットに遊びにきていたので、エディも彼らと仲良くなっていった。とくに、そのうちの一人「ジー」と呼ばれる人と、エディは一緒に出かけることが多くなってきた。その理由は、はっきりしていた。ジーはバイクに乗っていたからだ。

ジーに頼んでバイクの後ろに乗せてもらってプーナの街を走ってみた。途中、ジーとバイクについて、いろいろ話をすることになった。ジーと話してみて、すぐに気がついたことは、ジーは、バイクのメカについては、ほとんど何も知らない、ということだった。エディの方がバイクのメカには詳しかったから、ジーに解説してあげることになった。ジーはエディの知識に恐れ入ったようで、エディが「運転させてください」と頼むと断らなかった。

「いいよ、運転させてあげるよ、ただし、パドゥマには内緒だよ」

★プネー(旧:プーナ)はインド映画の聖地ともいわれる

「え、どうして？」

「だって、君が俺のバイクで怪我でもしたら、俺、パドゥマに殺されるよ」

「俺はバイクで怪我なんかしないよ。でも、うん、パドゥマには内緒にしておこう」

エディとジーの密約は結ばれた。その後、パドゥマの目を盗んではジーのバイクを運転する機会が増えてきた。

バイクにのって、エンジンの振動を全身に感じながら、身体に風を受けて走る快感はエディの魂を目覚めさせるかのようだった。場所はプーナでも神戸でも鳥取でも同じだった。どこだって、バイクに乗っているときには自分自身の感覚が蘇った。

「エドゥ、あんた、バイク好きなのね」

パドゥマには内緒のはずだったのに、パドゥマはそれにちゃんと気がついていた。

「えっ、ああ、バイク好きだよ」

この先、何を言われるのかヒヤヒヤしていたが、予想もしない言葉がパドゥマの口から出てきた。

「軍隊にも興味があるの？」

「うん、もちろん、大ありだよ」

「じゃ、今度、私のお友達を紹介してあげる」

「えっ、誰、そのお友達って？」

「インド陸軍少佐、ラジェットさんよ」

「陸軍少佐！」

「その人もバイクが好きなのよ」

本物の陸軍少佐とバイク、これは最高の組み合わせだった。

数日のうちに、ラジェット少佐は軍服を着て、バイクに乗ってやってきた。二十代後半の体格のいい、カッコいい人だった。

「エディ、一緒に居住区にいこう」

ラジェット少佐のバイクの後ろに股がり、インド陸軍の独身者用の居住区を訪ねた。ここで、エディの目に映ったものは、とにかく、なんでも、かんでも、カッコイイ、眩しい世界だった。

居住区は塀で囲われていた。エディを後ろに乗せたラジェット少佐のバイクが門に差し掛かると、入口にいたターバンを巻いた警備兵はピシっと起立して敬礼した。門のなかは緑一色に芝生が生え揃っていた。中央にプールもあった。周りは英国風の建物が建っていて、いろいろな制服を着た兵士たちがいた。ターバンを巻いたシーク部隊の人たちは、所属部隊ごとにターバンにつけているバッジが違っていた。砂漠での戦術を得意とするラジャスタンからきた部隊もいた。

ラジェット少佐とプールで泳いだ。水着姿のラジェット少佐をみると、胸の大きな傷が目に入った。

「ラジェット少佐、その胸の傷は……」

「ああ、これか、これはな、北の国境での戦闘のときのものだよ」

「北の国境？」

「インドはいま、北の方では中国との戦闘がときどき起きている。カシミールもね。中国と一応の停戦合意は一九六九年になされたが、問題は解決していない。ときどき武力衝突が起きている、パキスタンとも」

「ラジェット少佐は北の国境の戦闘で戦ったの？」

「そうだ。部隊を率いて、そこで、まあ手柄をあげたんだ」

「それで少佐★に昇格したの？」

「まあ、それだけじゃないけど、まあ、そういうこともあっただろうな」

この話題にはゾクゾクするような興奮を感じた。どんな戦闘で、どんな作戦

★Major

で、どんな手柄をあげたのかを事細かく質問したかった。しかし、少佐は具体的な軍の作戦行動については何も話してくれなかった。また、そんなラジェット少佐を軍人として尊敬できた。はっきり言って、エディはラジェット少佐に憧れを覚えた。

二人はプールで遊び、充実した一日を過ごした。夕方にはラジェット少佐はバイクでエディをパダムジー・コンパウンドまで送ってくれた。そして、パデゥマも一緒に夕食をとった。

こういう日が何日もあった。エディは頻繁にラジェット少佐と居住区を訪れ、そこで一日を過ごすようになった。

ＮＣＣでの訓練はますます厳しさを増していた。マーチ、起立、敬礼の練習や、大きな声で返事をすることなどの基本的な訓練も強化されていた。それに精神的な訓練も加わっていた。それらは、味方を絶対に見捨てないこと、上官の命令にはすぐに返事をして実行すること、などだった。上官の命令に疑問を感じたり、質問をしたりしていると、その間に敵に攻め込まれる危険性がある。だから、上官の命令にはすぐに従わなければならない。また、上官となるものは、下級士官に上手に説明しなければならない。

　こんな訓練に加えて、山登り、ロープの使い方、川での水泳練習などの訓練もあった。ライフル射撃の練習、銃剣の使い方の練習などだった。身体も精神も徹底的に鍛えられた。

　兵団全体として、こういった訓練に熱が入ってきたのには理由があった。それは、パキスタンとの緊張状態が続いており、もうすぐ戦争になると、誰もが信じていたからだ。

　エディがセイント・ヴィンセンツ・ハイスクールにやってきて四ヵ月が経過したころ、とうとうその日がやってきた。パキスタンとの戦闘が始まった。印パ戦争勃発だった。

戦争になると、いきなり街中が戦争気分になった。パキスタン国境から遠いプーナやボンベイでさえ、外出禁止令が出された。さらに、敵の飛行機から見られないように、電気を消灯すること、あるいは窓に黒い紙を貼り付けて、空から明かりがみえないようにする必要があった。実際には、パキスタン国境からこんなに遠く離れたところまでは攻め込まれることはないのだろうが、プーナには軍事施設がいくつかあり、そのための警戒のように思えた。また、外出禁止令はインド政府が国民の士気を高めるためにやっているようにも思えた。「戦争だぞ！」という緊張感を国民に伝えていたのだ。効果は抜群で、プーナの街は戦争気分に包み込まれた。

パキスタンとの戦争はエディの人生の新しい扉、そのものだった。軍人として活躍するチャンス到来だった。エディには軍人としての未来が見えてきた。そして、それに伴って過去も意味あるものとして再認識された。神戸でのいろいろな悪事は、軍隊での活躍のためのサバイバル訓練のような意味のある行為に思えてきた。未来、現在、過去がひとつのピンと張ったギター・ストリングのように繋がった。

戦闘で手柄をあげれば、ラジェット少佐のように昇進できるだろう。そうなると、居住区のような住まいが与えられ、祖父に頼らなくても、自立した生活ができる。エディには、おぼろげに未来が見えてきた。それと同時に、おぼろげに自分が何者であるかが感じられてきた。アイデンティティはいつも未来との対話だった。

戦争が始まったからか、プーナからバスで二時間ほど離れたロナブラという場所にある軍事施設でＮＣＣは六週間の特殊訓練をおこなうと発表した。ロナブラでおこなわれるこの六週間の特殊訓練を修了して、それからボンベイの軍港にいき、そこで正規の海軍入隊審査を受けよう、エディとコリンはその心算で荷物を取りに帰った。

ダダジーやマミーには六週間のNCC訓練に参加する、と告げたが、実はこのとき以来、エディは、祖父たち一家が住んでいるパダムジー・コンパウンドに帰ることはなかった。

ヒンドゥ語で話すNCC指導者の海軍将校にコリンが大きな声で発言した。

「教官！　このダスワニは外国育ちのため、インドの言葉がわかりません！英語は得意であります！」

「なに、そうか」

海軍将校はエディを向いて、英語に切り替えた。

"Daswani! You speak English?"

"Yes, sir! And I can shoot a rifle, sir"

"Good enough! Good enough!★"

この「適性検査」のあと、身体検査を受けたエディとコリンは、NCCの特殊訓練に参加するために、ロナブラの訓練施設行きのバスに乗った。

ロナブラでの訓練は戦時中のためか、NCCとはいえ、本物の軍隊と同じメニューだった。ロナブラには湖があり、そこでカッターボート、あるいはウェイラーボートと呼ばれる、両側八名、合計一六名で漕ぐボートの訓練もおこなわれた。

しかし、訓練の柱はとにかく行進だった。行進、行進、行進に明け暮れた。ライフルを肩にかけ、サックに水、食料、ライフルの分解や組み立てに必要な道具を入れ、五時間連続の行進だ。朝の行進もあれば夜間行進もあった。インドの熱い太陽の照りつけるなかで、行進、行進、また行進だった。

★「ダスワニ、英語を話すのか?」
「はい、教官。ライフルも打てます」
「十分だ、十分だ」

四時間・五時間の行進の途中、「休憩！」と言われると、倒れ込みそうになった。しかし、この休憩も訓練の一貫だった。

「よし、一五分の休憩だ！　全員この時間内に食事をとっておけ！」

四時間も行進していたら、まったくお腹は空かない。とにかく、ちょっと休みたい、横になりたい、と思っているところに、「食事！」。しかも一五分と言われても……。でも、この機会に食べておかないと、次はいつ食べられるのかわからない。あまり味のないクッキーのような栄養食を口に入れるようになる。不思議と、こんなに行進で衰弱しているのに、食べられるようになるものだった。

ロナブラでの訓練は、プーナのNCC訓練よりもはるかに実践を想定した内容だった。ライフル射撃の練習があるだけではなかった。ライフルの分解と組み立ても訓練された。さらに、ロナブラでは手投げ弾の訓練もしていた。恐れ知らずのエディでさえ、さすがにこれには慎重になった。使っていたのは、練習用の手投げ弾模型ではない。本物の手投げ弾だった。倉庫に何年も保管され、古くなってきた手投げ弾は訓練に使われる。練習用などといったおもちゃは存在しない。手投げ弾はヒューズを抜くだけでは爆発しない。握っているトリガーから手を外すと、数秒後に「ドン！」だ。訓練中に、まちがってヒューズを抜いて落としたらたいへんなことになる。

手投げ弾については、いろいろな話も聞かされた。

「いいか、よく聞け。手投げ弾にはいろいろな使い方がある。ジュネーヴ協定で禁止されているが、敵はこういう使い方をしておる。いいか、敵地に攻め込んでいったときに、味方の銃撃で敵の兵士がうつむいて倒れて死んでいたとしよう。そういうときは、気をつけろ。うかつに死体を蹴ったり、ひっくり返したりするな。いいな。敵は、死体の手の中に手投げ弾を握らせていることがある。死体に握らせて、それからヒューズを抜くんだ。そうすると、爆発はしな

いが、うかつに死体を蹴ったり、ひっくり返したりしてみろ、手投げ弾が死体の手からぽろりと落ちて、ドン！だ。いいか、敵の死体には気をつけろ！」

　こういう話も訓練のうちだった。あとは、行進に次ぐ行進だった。夜間の行進はさすがに、消耗した。夜間行進では、道の両側に一列で行進させられ、その間、つまり道の真ん中には戦車やトラックなどを走らせた。しかも、敵に気づかれないように、ヘッドライトは消灯しているか、あるいは、ヘッドライトを黒く塗りつぶし、小さな範囲だけを残していた。こうしていると、敵からはヘッドライトは見えにくい。しかし、本当に一列で行進していないと、ヨタヨタして道の中央に出ていけば、戦車にひかれる。また、戦車を運転しているものは、ちょっと方角を見失えば、あるいは居眠り運転でもしようものなら、味方をひき殺してしまう可能性がある。行進には肉体的な疲労だけではなく、精神的な疲労も付きまとった。

行進訓練に消耗し、泣き出して隊とは反対方向に引き返そうとする士官候補生もいた。そういうとき、隊は集められ、国境で戦ったことがある、教官役の軍曹が次のような話をした。

「よく聞け。俺がいった前線にも、敵の陣地に進行していく途中、怖くなった奴がいた。そいつは泣き出して、帰ろうと逆行を始めた。プンジャブ出身の奴だった。その部隊はな、インドのいろいろな者が混ざっている部隊だった。チベット出身の奴らもいた。みんなも知っての通り、チベット出身の兵士は、中国と何年も戦ってきた、勇敢で、情け容赦のない兵士たちだ。彼らは何人かで、その泣きながら逆行しているプンジャビを取り囲んで、そいつにガソリンをぶっかけた。次、どうなったかわかるだろう。火をつけたんだ。士気を乱す奴は容赦なしだ」

これは、あまりにも作り話のようだとエディは思った。でも、戦場では何が起こるかわからない。このような話をたくさん聞かされたNCCの士官候補生は、いつの間にか、軍人として教育されていった。どんなに行進が辛くても、味方を捨てて、泣き出して、逆行するようなことは、もうあり得ない。

エディはロナブラでは極限の疲労と戦っていた。もっているすべての力を出し切っていた。それは、ある意味で辛いけれども、心地よい感じでもあった。それに、エディには兵舎でベッドも与えられていた。兵舎は、広い部屋に二段ベッドが並んでいたが、エディとコリンよりも後からきた士官候補生にはベッドの数が足りなかった。だから、彼らは床で寝ていた。ベッドがあるだけましだった。

訓練中にもほっとすることもあった。行進している小編隊のなかに食料用のトラックが一緒だったときには、ちゃんとした食事があった。味のない、栄養食のクッキーではなく、カレーやナンも食べられた。また、英国植民地時代の名残なのかもしれないが、休憩時にはチャイを飲むこともできた。日本にいるときは、紅茶はいつでも飲めたが戦闘訓練中に振る舞われるチャイは特別においしかった。「お茶を飲んでホッとする」とは、いったいどういう感覚なのかを、はじめて教えられた気分になった。全体的に、兵舎で食べる料理は量、味ともになかなかのもので、不満はなかった。

とうとう、六週間の訓練期間が終わった。エディとコリンはプーナには帰らず、バスにのってボンベイ近くにある軍港に向かった。ここで適性検査や入隊審査を受けて、いよいよインド海軍に入隊する、そんな心算だった。コリンには話していなかったが、エディはそれらの手続きには若干の不安もあった。本当に憧れの海軍に、神戸生まれ神戸育ちの自分は入れるのだろうか、といった不安だった。

軍港に着くと、そこはテント村だった。いろいろな三角テントに士官や士官候補生が分散していた。ひとつのテントには四つの簡易ベッドがあった。そこで敵地まで輸送してくれる軍艦の到着を待つのだった。エディとコリンはまずは入隊審査をどこでやっているのか探す必要があったし、どんな書類が必要なのかを調べる必要もあった。しかし、そんなことをしている間もなく、全員招集がかかった。一九七一年十二月十六日だった。

「よく聞け！　戦争は終わった！　我がインド軍の勝利だ！　戦争は終わったぞ！」

　軍港に集合した何千人もの兵士たちは大声で喜び合った。全員が興奮の渦に巻き込まれていた。エディとコリンも両腕を振り上げて叫んだ。だが、コリンの瞳にも、エディの瞳にも、輝きはなかった。どうにもならない夢破れた状況だった。戦争で自分の力を試すチャンスは消えた。軍人になる夢も消えた。

　ロナブラでの自由時間と同じように、ボンベイの軍港でも小遣い程度のお金を渡され、「君らは家に帰れ、ご苦労だった！」と言われて、それで終わり。

夢も希望も失われた。

結局、エディは海軍には入隊もできなかったし、「家に帰れ」と言われても、帰る家はなかった。家出同然で出てきた祖父一家の住むパダムジー・コンパウンドに帰ろうという気持ちはもうなかった。それは、自分の将来とは関係のない過去になりつつあった。

人生の新しい扉は、とうとう開かなかった。いや、正確には、一度は開いた人生の新しい扉は、終戦と同時に、いきなり閉まってしまった。ライフルや制服は回収された。わずかな私物をもって、閉じてしまった人生の新しい扉の前にエディは立ちすくんだ。

（本書のメイキングを再現した特別製作映像）

巡礼の旅人たち

第三章

戦争は終わってしまった。夢も終わってしまった。人生の新しい扉は閉じてしまった。

コリンとエディはボンベイの軍港の船着場に座り込んだ。しばらく無言で海を眺めていた。エディの心のなかには、神戸の船着場でフィリピンの船乗りと一緒に聴いた、あのリズム&ブルースの曲、「ドック・オブ・ザ・ベイ」が浮かんでいた。

♪

朝日のなかで座っている
夕方になってもまだ座っている
船が入港するのを眺めて
船がまた出港するのを眺める
港の船着場に座って
潮がひいていくのを眺める
港の船着場に座って
時間を無駄に過ごす★

どれほど時間がたったのかわからない。人生の次の一歩が浮かんでくるまで、二人は海を眺め続けた。コリンもエディも、それぞれの家を飛び出したのだった。家出したようなものだった。だから、二人ともプーナに帰るつもりはなかった。しかし、次にどこにいくのか、何をするか、まったく予定はなかった。

★Sitting in the morning sun
I'll be sitting till the evening comes
Watching the ships roll in
And I'll watch them roll away again
Sitting on the dock of the bay
Watching the tide roll away
Sitting on the dock of the bay
Wasting time

長い時間、ただ海を見つめて、心のなかに響く音楽を聴いていた。

♪　自由は、もう失うものは何もない、ということの別の言い方なんだ★

ジャニス・ジョップリンの曲の歌詞がエディの心に浮かんできた。確かに自由だった。失うものは何もないし、この先の一歩も何も見えない。

しばらくしてコリンが言った。


「エディ、プーナには帰りたくないな」

「俺はプーナには帰らないよ」

「で、これからどうする？」

「いま、考えているところだ」

「そうか……」

★Freedom's just another word for, having nothing left to lose.

再び沈黙して、二人はしばらく海を眺めた。そして突然、コリンが沈黙を破った。

「そうだ、マハバレシュワルにいこう！」

「マハバレシュワル？」

「森と湖のリゾート地で山、谷、湖がいっぱいある。涼しいところだよ、標高は千メートル以上。イギリス人たちが作ったリゾートだ。でも、ヒンドゥの寺院とかもあって、今頃は観光シーズンで人がいっぱいだよ」

「今、観光シーズンだから、何か仕事があるはず、そういう意味？」

「そう、実は、そこに知り合いがいて」

「どんな知り合い？」

「ファーシーっていうんだ。いや、父親の知り合いなんだ、本当は。ペルシャ系の人で、ゾロアスター教★で、イランがイスラム国家になったとき、一族でインドに移ってきたらしい」

「で、何してんの、その人？」

「ファーシーはそこで、リゾートを経営している。何か、仕事をくれるかもしれない。それに、リゾートだったら、住み込みで働けるだろう？」

「よし！　決まり！　マハバレシュワルにいこう！」

★預言者ゾロアスター（ツァラトゥストラ）によって示された最古の宗教で、天国と地獄、一神論などの教えは、仏教、ユダヤ教やキリスト教などに受け継がれる。ゾロアスターはプロト・インド・イラン言語を話していたとされ、紀元前2000-700ごろにイラン東部に住んでいたものと推定される。

マハバレシュワルのボート漕ぎ

　コリンとエディはファーシーの経営するゲストハウスとボートハウスを手伝った。ボートハウスでは、ボートの漕ぎ手として働いた。五、六人乗りのウェーラー・ボート★での湖の遊覧など、ＮＣＣで海軍訓練を受けていたコリンとエディにとってみれば楽なものだった。

　観光客たちは、インドの言葉ではなく、英語しか話せないボート漕ぎの少年に興味をもった。日本で育ったことを伝えると、日本についていろいろな質問をして、最後には必ずチップをくれた。単に「日本で育った」だけではなく、「日本で育ったが、今は旅に出ている」と伝えると、関心はもっと高まり、チッ

★鯨漁に使われた大型の手漕ぎボート。現在は「クルーザー」のように原動機つきのキャビンがあるものも「ウェーラー・ボート」と呼ばれる場合もある。

プは増えた。


「へえ、日本からインドだと長い旅だ。目的はなに？」

「いや、自分をさがす旅なんですよ」

「ほう、それはいいことだ。宗教はなに？」

「仏教」

「それはいい！　で、インドのどこにいった？」

「ボンベイとプーナ」

「おお、ボンベイはどうだった？」

「いや、思ったよりもずっと、英国のようでした」

「そうだろう。植民地時代の歴史があるんだよ、インドは。仏教徒だったら、ネパールのルンビニにはいったのか？」

「いえ、まだ」

「あそこはいいぞ。知り合いがいるんだよ、あそこに。紹介してやるよ」

こんな具合で、親切に観光名所や知っている人の名前などを教えてくれた。インド人は本当に話し好きだ。そして、ボートを降りるときには、決まって「旅の足しにしてくれ」と言ってチップをくれた。結構いい稼ぎになった。

このころから、エディの気持ちには変化が生じはじめていた。海軍に入隊できなかったことは、もうあまり引きずっていなかった。ダダジー★の家に帰っていないことや、学校を欠席したままになっていることも、気にならなくなってきた。マイナス思考はどこかにいってしまって、不思議と、「何でもできる」といったポジティブな自己効力感が芽生えてきていた。それはなぜなのか、よくわからなかったが、理由なんて、どうでもよかった。

ひとつだけ気にしていたことがあるとすれば、エディは自分が無学であることが気になった。何でもできそうな感覚はあったが、「学」だけは足りなかっ

★祖父

た。ファーシーが経営するゲストハウスには図書室があり、そこから本を借り出しては読みあさった。コリンがエディのことを「本の虫」★と呼ぶほどだった。読みあさった本のなかでは、英国の作家、ラドヤード・キップリングの本が好きだった。四十一歳でノーベル文学賞を受賞したキップリングは、実はインドはボンベイの生まれだった。キップリングの作品に描かれるインドの様子は何十年も前のものだが、インドは何も変わっていないようにも思えて、どこか親しみを感じた。

観光シーズンが終わるころ、エディとコリンはマハバレシュワルを離れることにした。仕事もないのに、いつまでもファーシーの世話になるわけにはいかなかった。二人の行き先は、やはり港だった、ボンベイだった。港神戸に育ったエディは、外国の貨物船がたくさん往来する港にいけばなんとかなる、という思いが強かった。日本の船も入ってくるかもしれない。面白いことが待っているような気がした。そういう思いで、二人はゲストハウスの車で国道まで送

★'bookworm'

ってもらい、そのあとはヒッチハイクでボンベイを目指した。

モーターバイクこそないものの、二人はまるでイージー・ライダーそのものだった。自由を感じながら、トラックにヒッチハイクで乗せてもらい、窓からインドの景色を眺めた。トラックは小さな村に到着した。


「君たちはここで降りて、明日の朝まで待っていてくれ。ここで果物をたくさん積むんだ。そして、明日の朝、ボンベイまでいくから送ってやるよ」


そう言われて、コリンとエディは夕日に照らされた村の広場に降り立った。

村人たちがやってきて、話しかけて来た。

「どこから来たんだ」と聞くおじさんがいた。

「僕はプーナから来た」とコリンが答えた。

「ああ、俺は日本から来たんだ」

「そうか、日本か。随分、遠い国から来たんだな。で、今夜はどこで寝るんだ」

「ああ、僕たちは、そうだな、この広場の大きなバンヤンの木◉の下で寝るよ」

「そうか、それもいいが、先生の家で泊まるといいよ」

「先生？」とコリンが聞いた。

「ああ、先生だ」

「誰ですか、その先生って？」とエディが聞いた。

「ブラーマンだよ。ブラーマンは遠くから来た人と話すのが好きなんだよ」

　そう言って、おじさんは近くにいた子どもたちに大声で話した。

「誰か先生を呼んで来い！」

　まもなく、六十歳くらいのブラーマンがやってきた。流暢な英語を話す人だった。

「この村へようこそ。うちに来て、食事をして楽しんでくれ★**」**

　ブラーマンはエディとコリンを家に案内してくれた。一目みるだけでブラーマンだとわかる人だった。特別なものを着ているわけではなかったが、どこと

★"Welcome to our village. Come to my house and eat and enjoy with us."

●循環するいのちの木：バンヤンに集う　©Makimichi

なく品がいい。そして教養のある雰囲気が彼をオーラのように取り巻いていた。手をみると、とても綺麗な手をしていた。インドの強い日差しの下で働いているほとんどのインド人の手は真っ黒だ。でもブラーマンの手は真っ黒ではなく、ゴツゴツもしていなかった。本物のブラーマンだ、とエディは心のなかで感激していた。

ブラーマンは大きな古い家に住んでいた。

「お〜い、お客さんだ！　チャイを入れてくれ！」

ブラーマンは使用人にそう言って庭に座って、エディを質問攻めにするほど、いろいろなことを聞いた。家族のこと、日本の学校制度や日本社会のこと、日本人の宗教のこと、ベトナムで起きている戦争のこと……。

神戸では「外人」だったエディは、ここでは日本人だった。

日が暮れて暗くなってきた。ブラーマンはオイルランプを出して来た。そして食事をだしてくれた。特別な食事ではなく、ほうれん草のカレー料理だったが、エディが食べたことがないようなソフトで、それでいてはっきりした味がするほうれん草だった。

食事が終わっても、まだ庭で三人は話し込んでいた。とうとう、ブラーマンは「疲れた、もう寝る」といって、寝支度を始めた。エディとコリンには「チャーパイ」と呼ばれる竹とロープでできた簡易ベッドを貸してくれた。星を見ながら三人は庭で寝た。朝、まだ暗いうちにブラーマンはチャイを作り、ロティー★をくれた。

「またここを通るときは寄ってくれ」

二人はお礼を言って、ブラーマンと別れた。

村人は旅人には皆、優しかった。貧しくても、こころは温かかった。そんな文化にエディは感心していた。

★Rotiはインドの無発酵パン

ジュフー・ビーチのホテル・バイ・ミステーク

トラックはまだ暗いうちに村を出てボンベイに向かった。ボンベイに到着すると、二人はコリンの父親の知人を訪ねた。コリンの父親は亡くなっていたが、いろいろなコネクションをもっていた。きっと大物だったに違いない。ボンベイで訪問したコリンの父親の知り合いは、日本で言う「財閥企業グループ」の重役さんだった。

その日は、重役さんは不在だったが、イギリス人の奥さんが応対してくれた。奥さんはコリンを見ると歓迎してくれた。

「この友達と僕はボンベイでバケーションをしようと思って来たんだ」

「ああそうなのか、じゃあ、いいよ。私たちのバンガローをひとつ、使わせてあげるよ」

そういって、コリンとエディはバンガローに滞在させてもらうことになった。さらに、バンガローと同じ海岸にある、キングス・ホテルの利用も提供してくれた。

バンガロー★は空港があるサンタ・クルーズ地区のすぐ近くにあった。正確には「ジュフー・ビーチ」という名前のビーチで、アラビア海のマラバー・コーストに位置していた。マラバー・コーストに面した通りには、五つ星ホテルが並んでいた。ホテルはどれも海に面したプールやガーデンがあり、そのなかのひとつが「キングス・ホテル」だった。コリンの父親の知り合いが利用を提供してくれたホテルはここだった。ここで食事をしたり、宿泊したり、ホテル施設を自由に使っていい、と言われていた。支払いはすべて、コリンのサインひとつでよかった。バンガローとホテルを行き来して、コリンとエディは豪遊し

★もともとベンガル地方の建築様式をイギリス人が改良した建築様式。「バンガロー」とはグジャラート語（インドの言葉のひとつ）で「ベンガルの」という意味。
「ジュフー・ビーチ」

た。

　バンガロー◉は、財閥企業グループの重役さんのものだけあって、立派なものだった。典型的なものよりも少し大きく、塀で囲まれた敷地は日よけのために樹木がたくさん植えられていた、とくに、ヤシの木が多かった。一階の窓からは緑しか見えなかったが、二階からは、アラビア海が見事に一望できた。マリという名前の使用人のおじさんもいた。マリは金ボタンのついたジャケットをいつも着ていて、立派なリゾートの支配人のような風貌だった。しかし、実は彼は酒が大好きで、勤務していないときはいつも酒を飲んでいた。

　ジュフー・ビーチでは海岸で生活している愉快な人たちに出会った。二十代のガブリエルはコリンと同じゴアの出身だった。二人の肌の色は同じで、真っ黒だった。ガブリエルの仲間たちは、画家のティラック、酔っぱらいのイギリス人ミスター・ブルックス、エディと同年齢のジャキム、ヒンドゥ教のサドゥ★、

◉バンガローは木造コロニアル風の建築物で、ほとんどは二階建てで二階にはバルコニーがついている。

★Sadhu: 修行者　「サドゥー」

グル・マハラジだった。宗教やこれまでの生活背景も全く異なるのに、この男たちは、毎晩のようにビーチでパーティをして盛り上がっていた。

彼らと知り合いになると、彼らは早速ギターや大麻用のボング★をもって、バンガローを訪ねてきては、ギターを弾き、歌い、酒を飲み、グラス★★を吸った。バンガローは楽しいトロピカル・パーティの会場となった。

翌日、エディとコリンは彼らが生活しているところを訪ねてみた。ジュフー・ビーチにたつ、日本的に言えば「海の家」を大きくしたような掘っ建て小屋だった。小屋の前まで歩いていくと、看板のような表札があった。

“Hotel by Misstake”と書いてあった。

「ハハハ面白い名前だ、間違ってホテル？　しかも、『間違って』の『ミステイク』のスペルが間違ってるよ」とコリンが言った。

「ハハそうだな、mistake は本当はsが一つでいいのに、わざとmiss とsを二つに

★水パイプ
★★大麻

するミスをしているよ！」

「面白い名前だろう」

看板を見ているとガブリエルが出てきて言った。

「いい名前ですね、間違ってホテルですか？」とエディが聞いてみた。

「ああ、いろいろな人が居ついているからね、ホテルというわけじゃないけど」

「それでミステイク？」

「いやいや、それだけじゃないよ。Misstake という単語を真ん中で二つに割ってごらん」

「あ！Miss★と take★★だ！　素晴らしい！」

エディは感激した。コリンは笑い転げていた。


入口のポーチにミスター・ブルックスがヨタヨタと出てきた。瓶から何かを飲んでいた。昼間から、赤い顔をして、もう酔っぱらっていた。コリンは思わ

★独身女性
★★連れ込む

ず、しかめっ面でミスター・ブルックスを見つめてしまったのだろう。

"O that your frowns would teach me such skills!"★

「え？　何それ」とコリンが聞いた。

「ああ、ハハハ、シェイクスピアの『真夏の夜の夢』のなかのヘレナの台詞だよ、ハハハ。おはようコリン、エディ」

「『教授』と呼んでるんだ、僕たちは」

ガブリエルが笑いながら解説してくれた。

「いつも、ミスター・ブルックスが喋るときはシェイクスピアの引用がどこかに入ってるんだよ。昨夜、気がつかなかった？」

「ハハハ僕たちは何がシェイクスピアか、聞いてもわからないよ」とコリンが笑った。

小屋に入ると、ティラックが静かに窓から海を眺めていた。彼はもう五十代後半だった。ミスター・ブルックスはティラックをあらためて紹介した。

★「ああ、君たちのしかめっ面は、さぞかし、我に技量を教えたもう」

「This fellow's of exceeding honesty, and knows all qualities with a learned spirit of human dealings.★ コリン、エディ、このティラックは……」

「ちょっと待ってミスター・ブルックス、今のもシェイクスピア？」

「そうだよ、エディ、『オセロ』の台詞だ。ところで、このティラックはインドでは有名な画家だ。彼は映画の絵を描いて、それらはインド全国で映画看板、ポスターとブロマイドとして使われている。だが、人間のおこないを知り尽くした彼は、自分が気に入った映画、気に入った映画配給会社の絵しか手がけない。だから、この卓越した正直者は、いつも金がない。で、作品を描いたときは、ドン！　とすごいお金が入ってきて、我らは彼に連れられて盛大に宴会するまでだ！　ワッハッハ！」

　ティラックはエディとコリンの方を向いてクスッと笑った。

「あと、誰がここに居るの？　ジャキムは？」とコリンが尋ねた。

「ああ、彼はどこかに出ていっているよ。たぶん、グル・マハラジの小屋だろ

★「この者は、卓越した正直さをもって、学の精神をもって、人間のおこないのすべての性質を知り尽くす」

う」とガブリエルが答えた。

「グルは別のところに住んでるの？」

「そう、彼は、あっちの方に小さな小屋をたてて、そこにヒマラヤの聖地からもってきた火種を守って、修行しているよ」

「ジャキムも一緒に修行？」

「ハハハ、いやいや。ジャキムは裕福なビジネスマンの家庭で育ったけど、親と話が合わず、家出してきたようなものだ。修行ってタイプじゃないね」

「ところでコリン、君はゴアの出身だけど、プーナに住んでいるんだったね」

「そう」

「僕もゴアの出身だ。だから同じような肌の色をしてるんだ、僕たちは。で、エディ、君もプーナから来たけど出身はどこだった、どこか外国だったよな」

「ああ、僕は日本、プーナはほんの数ヵ月、ダダの家にいただけで……」

「ああ、日本か！　それはまた遠いところだな。そうか、じゃあ、君のことはジャップ・バイ★と呼ぶことにしよう」

「ジャップ・バイか、ああ、いいよ、ガブリエル・バイ」

笑いながら、エディとガブリエルは握手した。

「ガブリエル・バイはいつもここに？」

「そうだよ。実はビーチからちょっと入ったところに別のフラットがあるんだ。だけど、精神的に不安定な父親がいるから、僕はほとんどこっちにいる。今日は来ていないけど、母親も昼間はほとんどここにいる」

「母親も？」

「そう、あそこに小さな窓があるだろう、台所のところに。あそこで酒を売ってるんだ、まあ密売だよ」

「酒の密売？」

「そう、ボンベイがあるマハラシュトラ州には禁酒条例があるだろう。ホテルには酒はあるけど、高い税金を上乗せしている。だから、このホテル・バイ・

★兄弟

ミステイクでは酒を闇で製造販売している、と、そういうことだ。うちの一番人気はオレンジ・ピールとクーミン・シードでできた酒。美味しいぞ、一度飲んでみろよ。客はあの小さな窓から瓶を差し入れてきて、母親か僕かがそれに酒を入れて、渡してやって、お金を受け取るんだ」

「なるほど……」

エディとコリンはほとんど毎日、ホテル・バイ・ミステイクに入り浸った。そんな生活が二十日ほど続いたところで、コリンの父親の友人から問い合わせがあった。「いつまでボンベイにいるの?」という内容だった。それは、「もう、そろそろ帰るころでは?」という、さりげない合図のようなものだった。いつまでもご好意に甘えているわけにもいかない。

「俺はそろそろプーナに帰るよ」と突然コリンが言い出した。

「え!?」

「ああ、もう、そろそろ」

「……」

コリンはそろそろ母親のことが気になってきたのがエディには感じられた。それは不思議なことではなく、ごく自然なこととして理解できた。息子と母親の絆だった。


一方、エディは、ダダジーのところに戻る気はなかった。ダダジーがエディを立派な人間に育てるはずの計画を、エディが自らぶち壊して家出同然で出てきたのだから、もう帰るわけにはいかない。

「俺は帰らないよ」

「ああ、わかってるよ。で、どうする、これから」

「しばらくホテル・バイ・ミステイクに転がり込んで、それから考えるよ」

「ああ、それも楽しくていいんじゃない」

「そうだな」

「面白い三ヵ月だったなエディ」

コリンがこう言って、二人の冒険は幕を閉じた。

ホテル・バイ・ミステイクはヒッピー・コミューンのようなところだった。居心地がいいホテル・バイ・ミステイクを拠点にして、エディはボンベイでストリート生活をはじめた。知り合った数名の人たちをホテル・バイ・ミステイクのコミュニティに誘い込んだ。

その一人はジュフー・ビーチの海岸で見かけたブロンドの髪の毛とブルーの瞳の十代後半のグンターというドイツ人だった。

彼は、小さな荷物と毛布を肩からかけて、見るからに一文無しだった。ドイツから来て、ゴアにいく途中でお金がなくなり、送金を待っていた。その間、ホテル・バイ・ミスティクで過ごすことにした。居心地がよかったのか、彼は二週間も滞在した。送金が届いたときには、お礼にハシーシ★を買ってきて、皆で一緒に吸った。彼はそのあとゴアにいき、再びボンベイに戻って来て、またホテル・バイ・ミスティクにしばらく滞在した。

もう一人はクリフ。ボンベイのビジネス地区、コラバで知り合った男性だ。クリフは日本人のような顔をしていたのでエディが話しかけてみた。ところが、彼はビルマ国境に近いジャングル地帯、ナガランドの出身だった。ナガランド出身のナガ族といえば、褌ひとつで、槍をもってジャングルを走り回っているイメージがあったが、クリフは変わり者だった。

彼は欧米文化に興味をもっていた。ＢＢＣ放送で聞いたクリフ・リチャード

★大麻の成分を茶色あるいは黒色の団子状に加工したもの

の番組に憧れ、英語を学ぼうとボンベイに放浪してきた。彼が名乗っている「クリフ」という名前はクリフ・リチャードから拝借したものだった。エディが話しかけたとき、クリフは一文無しだった。そこで、クリフはホテル・バイ・ミスティクで映画画家ティラックの弟子になることにした。

もう一人はギー。ギーとのビーチでの出会いは滑稽だった。ビーチが引き潮のときには、少し沖合に見える丘まで、砂浜がつながっている。しかし、満ち潮になると、この砂浜は海の中に姿を消し、沖合の丘は本物の島に姿をかえる。

このことを知らなかったのか、一台のピック・アップ・トラックが満ちてくる潮の中、丘から戻ろうと必死で走ってきていた。トラックはなんと、あのイギリス軍が使用していた一九五七年モデルのランド・ローバーだった。運転している人物をみると、長い黒髪と長いヒゲをはやした大きな白人のヒップな男だった。必死の形相で、流されないようにトラックを走らせている白人の顔は

「ランドローバー 1957」
★ヒッピー風の

実におもしろかった。とうとう、潮が満ちてトラックは立ち往生しはじめた。

エディはトラックに近づいていった。このころにはヒンドゥ語を少し話せるようになっていたエディは、近くにいた若い連中を呼び寄せ、力を合わせてトラックを押して、走行可能な砂浜までトラックを押した。トラックも、運転している白人も助かった。

トラックを運転していたギーは、二十代のカナダ人だった。フランス語圏であるカナダのケベック州出身だった。だがギーはネイティブの英語を話すことができた。長い、ストレートの黒い髪の毛は肩よりも少し長かった。髪の毛は真ん中で分けて、ヒップなスタイルだった。

ギーは壮大で面白い計画を立てていた。インドに着いて、キングス・ホテルにチェックインするやいなや、すぐに中古自動車店を探し、この一九五七年モデルのランド・ローバーを購入した。このランド・ローバーに乗って、彼は北インドまでいって、大量にハシーシ★を買い付けて、それをゴアでヒッピーに売

★大麻製品

りさばき、一部をカナダにもち帰る計画だった。

だがランド・ローバーは故障ばかりしていて、修理費がかかりすぎていた。ホテル代や諸々の経費もかかりすぎて、ギーの資金は底をついていた。そこで、ギーはホテルをチェックアウトして、しばらくホテル・バイ・ミステイクで暮らすことにした。ランド・ローバーも売ってしまった。


エディはこのコミュニティを拠点にして、ボンベイでのストリート・ライフをますます充実させていった。街で買ったグラスやハシーシなどを観光客に売った。多少の利益があって、それで食事は得ることができた。

ボンベイのビジネスの中心は市内南部の「コラバ地区」というところだ。イギリス人が作ったところで、まるでヨーロッパのようだった。コラバ地区はウオーターフロントに建設され、海の前に「ザ・ゲートウェイ・インディア」が堂々とたっていて、まさに、ここがインドへの海の玄関口であることを見せつけていた。そして、超高級ホテル、「タージ」もここにあった。★コラバには、欧米のヒッピーや観光客がたくさん入ってきていた。エディはこのヒッピーたちと仲良くなり、大麻を売って稼いでいた。またコラバには赤線地区もあった。外国船が入港してきたときに、船乗りたちを赤線地区の店に案内して、一緒に食事をするといった臨時の「仕事」もするようになった。案内料やチップのような臨時収入にもなった。

仕事がなく、食べるのに困ったときには、友達になったイスラム教徒のレストランを訪ねた。メッカに巡礼にいって帰ってきたイスラム教徒は、頭に白い帽子をかぶっていた。彼らは「ハジ」と呼ばれていた。イスラム料理店のハジは、エディにこう言った。

「エディ、一日一回はちゃんとした食事を取れよ。一日に一回、ちゃんとした

★ホテル内のクラブでローリング・ストーンズが生演奏するほど有名で格式の高いホテル。

「The Gateway of India」
「コラバ TAJ ホテル」

食事にありつけない日は、ここで食べておけ。ツケでいいから。そして金が入ったときにまとめて払えばいい」と優しくエディの健康を気遣ってくれた。

ストリート・ライフをしていると、いろいろな臨時の仕事も入ってきた。

隣のグジャラット州には禁酒法はなかったので、グジャラット州の海岸沿いに酒を満載したトラックを走らせ、マハラシュタラ州に「密輸」するオペレーションのドライバー助手の仕事がときどきあった。検問がある幹線道路を外れ、海岸沿いの田舎道を夜になって走った。NCCの夜間行進訓練と同じように、ヘッドライトは消して走行するのだった。このあたりは、密輸が多いことで知られていたので、ときどき州境界をパトロールしている州警察に出くわしてしまう。酒を積めるだけ積んだトラックの「荷台を見せろ」と言われたら、ドライバーと一緒にトラックを降りて、荷台から酒を何本か出して、現金と一緒に警察官に渡す。これで大丈夫だった。あとは、ボンベイ市内まで酒を運び、業者に引き渡すのだ。

アヘンやハシーシに関しても、エディは「プロ」になってきていた。ボンベイのバンドラ地区、というところがハシーシでは有名だ。ここにはアヘン窟のようなところもある。バンドラに入ってくるハシーシはヒマラヤ育ちの特級品だ。エディはハシーシの煙を嗅ぐだけで、産地がわかるようになっていた。そして、舐めてみると、ハシーシに何を混ぜたかもわかるようになった。バンドラでは、ハシーシに少量のアヘンを混ぜていた。これが、その筋では有名なボンベイ・ブラックだった。

ハシーシをチラムと呼ばれるパイプに詰めるにも、独特の流儀があった。火をつけるときに、呪文を唱える儀式だ。"Bom Shankar, hariom tat sat!"と大きな声で唱えて、ヒンドゥの神々に敬意を表して火をつける。これらの儀式でも、エディは「プロ」になってきていた。

聖フランシスコ・ザビエルが眠るゴア

「おいエディ」

ある夜、ギーはエディに彼の新しい計画を打ち明けた。

「なに？」

「ランド・ローバーも売っ払っちまったからな、北インドの仕入れにはいけない」

「ああ、そうだろうな」

「エディ、君はボンベイのハシーシのこと、よく知ってるだろう」

「まあ」

「いいハシーシを仕入れてくれないか」

「ボンベイでハッシュ★を仕入れて、それをゴアにもっていって、ヒッピーに売るつもり?」

「そうだ。もちろん、君にもちゃんと取り分は払うよ」

「おお、それは面白いね。実は、ゴアにはいったことがないんだ、俺」

「ああ、もちろん、俺もいったことがない。だけど、あそこ、ヒッピーがいっぱい来てるだろう、アメリカから」

「そうらしいね。ヒッピーのメッカみたいなところらしいね。ずいぶん儲けたやつの話は聞いたことがあるよ」

「そうだろう、ゴアはヒッピーのパラダイス、だろう? で、そうなら、つまりパラダイスだから、ハッシュは大量に、大量に消費されるんだよ。つまり、サプライヤー★★も必要なんだよ」

「もちろん、そうだよ。で、俺たち二人で?」

★ハシーシ

★★供給者

「いや、あと二、三人、一緒にいこう」
「その方がいいだろうね、いろいろと。とくに、ガブリエル・バイ。あいつの一族はゴア出身だろう。それにクリフ、動物的な直感力をもっているよ」
「ああ、そうだな。いいメンバーだ。よし！　これでいこう！」

　ゴアにいくには三つのルートがあった。それらは、陸路、列車と船だ。なかでも一般的でかつのんびりした旅ができるのは汽船だ。British India Steam Navigation Companyという会社が、ボンベイの港からゴアのハナジ港まで運行していた。二四時間以上かかる、ゆったりとした旅だ。一等、二等、三等の運賃があった。一等は甲板の上にあるブリッジの後ろのキャビン室、二等はその下の大部屋。三等は甲板の上で屋根もないところだ。天候が悪いときは、船底が三等だ。

　ボンベイの船着場はクロフォード・マーケットという英国時代に立てられた

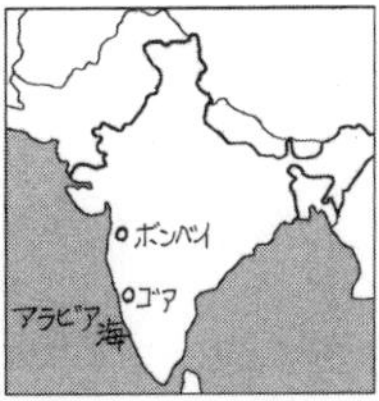

「ムンバイ　クロフォード・マーケット」

大きな屋根のある市場の前にあった。そこでは、朝早くから船に荷物をクレーンで積み込んでいた。船倉に入りきらない荷物や次の港のラトナギリーで降ろす物資は後方甲板に積まれ、ロープで縛ってあった。荷物が積まれてから、乗客の乗船が始まる。

船着場に面したマーケットの一角にある古い建物の一階が切符売り場だ。黒ぶちのめがねをかけ、ヤニで染まった歯を見せ、ニコニコしながらチョッキの下にシワだらけのワイシャツを着た、あの太った白髪のオヤジが切符売りだ。彼は船長のような帽子を頭の後ろの方にかぶっていて、その存在自体がユーモラスだった。

「はい次！」

とオヤジは大きな太い声で言った。

「君らはゴアのパナジ港だね。三等だね。切符はこれだ。はい次！」

こんな具合だった。四人の姿をみただけで、行き先や三等であることさえ言い当てた。

乗船客はバックパックをもった白人たちや大きな荷物をもったインド人たち、行商の人たちや子ども連れの家族だった。ギャングウェイが込み合って、騒がしくなってきたころ、船の上に出てきた大きなインド人の船員がベルをカンカンと鳴らした。大きな声で"Boarding, Boarding"とアナウンスして、それからヒンドゥ語でも乗船開始を告げた。それを合図にざわざわと乗船客が船に乗り込んだ。

四人はワクワクしながら乗船し、甲板の日陰に陣取った。そこでエディがハシーシを作った。自慢のナイフを取り出し、その先にハシーシを刺し、それを火で炙って粉状にした。別にタバコの葉も火で炙り、ハシーシをタバコの葉と混ぜた。それをチルム★に詰めた。これはちょっとしたパフォーマンスで、欧米人が興味をもってエディを見つめていた。興味の眼差しの中心にいたエディは、ここで大きな声で呪文の言葉"Bom Shankar, hariom tat sat!!"を言って、ヒンド

★インドのパイプ

ゥの神々に感謝して、チルムに火をつけた。

ここまで見ていると、もうたまらなくなった欧米のヒッピーたちが寄ってきた。

"You're welcome, have a smoke with us if you like"★ギーがそうヒッピーたちに声をかけると、数名のヒッピーは喜んで輪に飛び込んで来た。チルムは輪を回った。一服吸うと、ドーンとくる特級品のハシーシだった。

"Man, this is good stuff!"★★とアメリカ人のヒッピーが言った。

"Yeah, sure, if it ain't, we wouldn't be smoking the shit."★★★

こういうパフォーマンスをみると、欧米のヒッピーはもう、こっちの言いなりだ。営業はもう成功したようなものだった。次はヒッピーの方から「何とか、このハシーシを売ってくれないか」と言い出すに決まっている。このときも、そうだった。

「これ、凄いね。分けてくれないか？　いくら？」

★「どうぞ、よかったら、一緒に一服しませんか」

★★「おい、これは、凄いブツだぜ！」

★★★「そりゃそうだろう。そうでなければ、俺たちが吸ってるわけないだろ」

「沢山あるぜ、でも、またあとでな」

そう言って、まずはかわしておいてエディたちはチャイを注文した。そのうち、ヒッピーの方から、何とかして売ってもらおうと、動き出すに違いない。その時まで待っていた方が高い値段を提示してくるのが常だった。チャイを飲もうとしているとき、船のエンジンのピッチが変わったのに気がついた。船出だった。汽笛を鳴らして船は岸壁から離れた。

ボンベイ湾の外に出ると、さらにエンジンのピッチが変わり、大きな船は左手に遠ざかる陸地を見ながら一路南へと進んだ。太陽がまぶしかった。エディは船の先端までいって、海を眺めた。イルカたちも遊んでいた。絵葉書にしたような風景だった。

「悪くない生き方だ」と自分に呟いた。自由を感じていたし、新しい冒険も始まっていた。そして、何よりも、いい仲間たちにめぐり合った。

船の先端から海を眺めながら、エディは自分の考え方やあり方がかわってきていることに思いを巡らせた。〈これは正しい生き方なのか〉〈本当の自分とは何なのか〉……こんなことを頻繁に考えるようになってきていた。エディの周りにも、哲学的なことを話す人が多かった。自己を求めてインドに旅をしにきた欧米人もたくさんいた。欧米人だけではなく、インド人にもよく「あなたの信仰はなんですか？」と聞かれた。

日本では、会話のなかでは、普通は聞かれない質問だから、いつも答えを考えさせられてしまった。「クリスチャンです」とか、「仏教です」と答えたりしたが、それらは、本当の意味で「信仰」なのか、どういう意味で信仰なのか、と考えることがあった。さらに、一緒にハシーシを吸っている相手から、「君は何を信じて生きているのか？」などという難しい質問や議論をふっかけられることも多かった。

言葉が通じない相手と一緒にハシーシを吸いながら、相手の瞳をみていると、相手が何を考えているのかがわかるようになってきた。ハシーシも一種の瞑想のようなものだった。

これまで人懐っこく、よく話していたエディも、黙って聴くことを覚えるようになってきた。自分が話していることは、くだらないことなのかもしれない、と思うこともあった。

ハシーシの煙の臭いが嗅ぎ分けられる？　それが何なんだ、と思うことも増えてきた。くだらない話をするよりも、心を静かにして、相手の瞳を見て、相手を感じ取ること、相手の話を静かに聴くこと、そんな瞬間に深みを感じるようになってきていた。ガブリエルにも「ジャップ・バイ、最近、静かになったよな」とよく言われた。ゴアに出発する前から、ホテル・バイ・ミステイクの連中の酒や歌声や音楽が騒がしくてたまらないと感じることがあった。

（本書のメイキングを再現した特別製作映像）

そういうとき、エディはサドゥであるグル・マハラジの小屋で寝かせてもらった。グルは、ほとんど何も言わなかった。言葉ではなく、瞳で相手を癒すことができる人だった。グルはヒマラヤの寺院から何年も前にもってきた火種を守り続けてきた。その火種から火を起こし、その火を明かりにも、調理にも、ハシーシに火をつけるのにも使っていた。

グルと一緒にハシーシをよく吸ったが、その翌朝でも、夜明けとともに、グルはちゃんと海に入って、ホラ貝を吹く修行をしていた。ときどきビーチで練習しているペールワン★の選手たちが稽古を始める前にグル・マハラジを訪ねた。グルは、どんなときでも、彼らのために、安全祈願の儀式をおこなった。グルのような自己鍛錬をいつも心掛けようとエディは思うようになっていた。

船は航海を続けた。夜になって、エディたちは三等のデッキで眠った。夜明けごろ、船のエンジンのピッチが変わったのが、甲板で寝ていたエディたちに

★インド相撲

は、肌で感じられた。減速していた。東の空がやんわりと明るくなってきたころ、船はエンジンをアイドリングにして停まった。

波の音が遠くの岩に当たるのが聞こえた。まわりが徐々に明るくなってくると、両側に漕ぎ手が八人乗った、大きな平らなボートが近づいてきているのが見えた。掛け声のように歌を歌いながら船に接近してきた。もうまわりは明るくなっていた。白い砂浜が見えた。まるで、パラダイスみたいなラトナギリーだった。ここには埠頭がないから、船は浜から少し離れたところに碇を下ろしていた。そして、あの手漕ぎボートで荷物や客を降ろすのだ。まるで、マハバレシュワルの図書室で借りて読んだ小説家ソマーセット・モームが描いた南太平洋の島での生活の一コマみたいだった。「こんなに幻想的な世界がこの世にあるのか」とエディは感心していた。

船は三時間ほどラトナギリーに碇を下ろし、それからゴアに向かって出発した。

「ラトナギリビーチ」

ゴアはポルトガル人が四五〇年もの間、植民地にしてきたところだ。そのため、ゴアはヨーロッパの街並が残るリゾートだ。日本でもよく知られている聖フランシスコ・ザビエルもゴアの教会を拠点として、日本を含むアジア各地にキリスト教を伝えた。現在もザビエルの遺体はゴアに、腐乱することもなく、横たわっている。それはサビエルが聖人であったからだけではなく、ゴアが聖地だという証でもある。確かに、ゴアにはそれなりの雰囲気がある。

ゴアに賑わう欧米の観光客やヒッピーたちにギーは狙いを定めていた。そして、ギーの計画どおり、ヒッピー相手の商売は繁盛した。ギーたち四人はコルバ・ビーチという遠浅の白い砂浜にある漁師の家を借り、そこを住まいとした。コルバもヨーロッパの街のように、海辺に広場があり、そこにバス停があった。

「インド　ゴア　ヒッピー」
「コルバ・ビーチ」

広場にはポルトガル風のオープン・カフェが並んでいた。カフェからロックンロールのサウンドが響いていた。おしゃれなところだとエディは感心していた。

このビーチに借りた家はレンガと泥で固められ、外壁は白く塗られていた。屋根には沖縄の家にあるような瓦があった。中には大きな部屋がふたつあり、そのひとつに台所があった。外にはヤシの木が並んでいたから、ハンモックを木と木の間に渡して眠ることもあった。風が吹くと、ハンモックがゆっくり揺れた。気持ちのいい感じだった。

ギーとエディはボンベイとゴアを何度も往復して、ボンベイで仕入れたハシーシや「ボンベイ・ブラック」をゴアで売りさばいた。


こうやって、ギーはもともとの出発資金の倍の儲けを得た。それを資金に、さらにボンベイでハシーシを買って、カナダにもち帰ることにした。ゴア生活は三ヵ月で終了することにして、一行はボンベイのホテル・バイ・ミステイクに戻った。

ヒゲを剃り、肩まであった髪の毛を切り、ビジネススーツを着たギーは、まったくの別人だった。仲間たちが笑い出すくらい、真面目なビジネスマンに見えた。二重底のスーツケースの底にハシーシを大量に詰め込み、飛行機にのってカナダに帰っていった。ちゃんとカナダに入国できたのかはわからない。

コノート・プレイスの出会い

コノート・プレイスはボンベイから遥か北、インドの首都ニュー・デリーの中心に位置する。イギリス人たちが造ったこの公園にエディは座っていた。ボンベイでのストリート・ライフは一年を過ぎて、ここ北インドのデリーに旅をしにきたのだった。

「君は、どうしてデリーに来たんだね」

公園で知り合ったカルロスが聞いていた。カルロスは四十代男性、南米から

「コンノートプレイス」

来た白人だった。旅行者としてインドに来たが、資金をすべて使いはたし、ストリート・ライフをしていた。ストリート・ライフにはエディが詳しかったので、カルロスはエディを頼って生活している一面があった。

「俺は、ひとつのところに長くいると、どうも、だめなんだ」とエディが答えた。

「なにがだめなんだ？」

「人生、このままでいいのかな、と考えてしまって」

「それは、よくわかるよ、うん」

「ボンベイにいたころ、ティラックという画家が仲間の一人だった。彼はもう五十代の後半、もう六十になるかもしれない。好きな絵だけ描いて、ずっと、何年も、何年も、同じことをしてきた。そのままずっと変わらないのかな、そう思うと……俺も、このままでいいのかな、人生もっといっぱいあるんじゃないか、と思って」

「それは、よくわかるよ、僕も同じだよ。自分自身をさがしているんだ」

「自分自身を？」

「そう、自分の国ではね、僕は弁護士をやっていた。バリバリ仕事をしてね。だけど、仕事をやり過ぎたのかな。なにがなんだかわからなくなってきてね。で、いろいろ考えるようになってね。この仕事は本当にしたいことなのか、とか、本当の自分はなんだろう、と考えはじめたんだな」

「それでインドに？」

「ああ、一度、自分がしている仕事を全部、辞めてみて、自分は、本当はなにがしたくなるのか、見てみたいと思ってね。いや、辞めたのは仕事だけじゃないんだね」

「他になにを？」

「家庭。ワイフも子どもたちも、本当に愛し合って生きているのか、わからなくなってね」

「それで一度、離れてみたくなって、一人でインドに？」

「そうだ、そして、どうせ離れてみるのなら、今まで知っていた世界とはぜんぜん違う世界に自分を置いてみたくなってね。別に、南米の中で違うところにいったって、どうせスペイン語圏だろう。ヨーロッパにいっても、北米にいっても、文化はあまり違わない。どこもキリスト教文化だしね。でも、インドはぜんぜん違う世界だろう」

「そうだな。ところで、そろそろ昼だな。腹、減ってきたよ」

エディは昼飯にいこうと思って、立ち上がった。

「ああ、まあ、それが問題なんだよ。資金も使ってしまってね。そろそろ南米に帰ろうかとも思ったけど、その気にもなれなくてね。ホテル代は節約できても、腹は減るし、食料を買うお金が底をつき始めてね。困ったことだよ」

「なんだ！」とエディは笑いだした。

「何にも知らないんだ、カルロス。大丈夫だ。俺と一緒に来いよ」とエディは笑って言った。

「え、どこへいくんだ？」

「シーク教の寺院だよ」

「シーク教の寺院？」

カルロスは不思議そうな顔をした。

「シーク教の寺院は昼飯がでる。必ずでる。無料。誰でも、どんな宗教の人でも、飯がでる」

「本当か、それ」

カルロスは嬉しそうに驚いた。

「もちろん！　俺はよくシーク教の寺院か、大きなイスラム教のモスクで食ってる。どっちも、ただで昼飯がでる」

「あ、そうか。エディがそこで食べているのなら、間違いないね。寺院では何が出るんだ？」

カルロスは突然、空腹を感じたようだった。

「シーク教は、ダール★とライス。決まり！」

「ぜんぜん知らなかったよ。ハハハ寺院でそんなことをしてるんだ」

「シークとかイスラムの人たちのなかにも金持ちがいるんだよ、な。みんな、いいことをして儲けたわけじゃない、な。悪いことして儲けた奴もいるんだろう。で、シークとかイスラムの人たちは神を恐れるだろう、神の目を。だからせめてもの償いで、寄付をして、そのお金で昼飯を振る舞うんだよ」

カルロスはストリート・ライフを全く知らなかった。それに比べると、エディは「ストリート・ライフ博士」だと自分で思うほどになってきていた。二人

★レンズ豆

はシーク教の寺院でダールカレーとライスを、ターバンを巻いたシーク教の信者たちにまぎれて食べた。そして、また二人は寺院の外の公園で話し込んだ。

「エディ、デリーで安く泊まれる宿はどこだ？」

「ああ、ホテルか。ときどき泊まるよ。金があるときは」

「僕も安いホテルをずいぶん渡り歩いたけど、それでも、そろそろ資金がなくなってきていて、しょうがないな。君が泊まるところは、いくらだ」

「え、俺が泊まるところ？」

「ああ」

「クラウン・ホテルだよ、オールド・デリーの……」

「ああ、あっちか」

「そう、警官でも、五人くらいで来ないと、どうなるかわからないほど警察嫌いの人たちの巣。そこで趣味でホテルを経営している人がいて。まあ、三〇〇

「シーク教徒」
「オールドデリー　インド」

ルピー★もあれば、一ヵ月は滞在できるね」

「え！　一ヵ月で三〇〇ルピー！　エディ、君は本当にストリート・キングだね」

「でも、柄が悪いところだよ。用心しないと」

「ところでエディ、君はもともとボンベイから来たのか。違うだろう。英語の発音にインド訛がないから、すぐにわかるよ」

「ああ、そうだ。俺は日本から来た」

エディは日本からボンベイに来た長い経緯を話した。カルロスはその話をよく聞いていた。エディの両親のことや、神戸の学校でのこと、プーナでの生活のこと、ボンベイやゴアでの一連のことによく耳を傾けて聞いていてくれた。エディは話を続けた。

★闇レートで30米ドル

「……で、パスポートのビザの滞在期間が過ぎて。おまけに学生ビザだったし。今は、俺はオーバー・ステイ★、まあ、不法滞在ということになると思って……」

「ちょっと待ってくれ、エディ。君はエディ、エドワードだろう、で、ラストネームはダスワニだね」

「そうだよ」

「インドの国籍じゃないのか？」

　カルロスは不思議そうに聞いた。さすがに弁護士だけあって、不法滞在といった法律的な話題になると、詳細な点も聞き落とさなかった。

「そうだ、ずっと『エドワード・ダスワニ』という名前で日本の神戸で育ってきた。だけど、学校を退学になって、もういく学校がなくなった。母親も俺の面倒を見るのが限界にきて、『インドの祖父のところにいきなさい』ということになった。で、神戸のインド領事館で相談したら、こんなことを言われた。『インドの法律では、君は十八歳になってからインドの国籍を取るか、日本の国籍

★滞在期限切れ

を取るかを決められる。いま、インドにいくのなら、これは、個人的なアドバイスだが、日本のパスポートでいったほうが、いろいろな面でいいだろう』そう言われたんだ」

「そうか、エディの母親は君の扱い方に困ったんだね。まあ、僕は女房と子どもたちを捨てて来たようなもんだからね。うん。じゃ、エディ、君は日本のパスポートをもっている、国籍は日本なんだ」

「ああ、そうだな。国籍は日本。日本でいう日本国籍の『外人』ってところだな。パスポート上は母親の姓を継いでいるから日本の名前もある、でもインドでは正式には『キシンチャン・ダスワニ』という名前もある。なんだかよくわらないな、とにかく俺はエディだからな」

「そうだ、エディはエディだ。国籍はなんであっても。うん、それで、日本のパスポートで得したことは、実際にあったのか？」

「あまり関係ないな。海軍に入隊しようと思って頑張っていた時期があったけど、いつもビクビクしていたな。まさか、他国の少年をインド軍が兵士にするはずがないだろう、って。結局、恐れていた入隊審査の前に戦争は終わったけどな」

「で、その、オーバー・ステイの日本のパスポートをどうするんだ」

「ああ、ここにもってるよ。これを隠して、紛失したことにするんだ。国境での入国審査がないネパールのルンビニの近くで、ネパールに入る。それから、ネパールの奥深くまで入って、そこで『パスポートを盗まれた。再発行してくれ』とネパールの日本領事館で頼むんだ。新しいパスポートをもらって、インドに観光ビザで再入国する。それからは、俺はパスポートをもって、世界のどこにでもいけるんだ」

「そうか。でもね、インドで紛失した、と届け出たらだめなのか」

「それはだめだろう。不法滞在がすぐにバレる。祖父が俺の捜索願を出しているかもしれないしな。そんな噂を聞いたことがあって」

「なるほど、それで、いったんインドを出るんだな。国境で出入国審査がないところ、というと、ネパールとの国境しかないわけだ」

「そうだ。俺、仏教徒だと言って、ブッダが生まれた聖地を訪れる、ということにするんだ。実際に日本は仏教の人が多い国だから、仏教には馴染みはあるし、興味もあるんだ」

エディはハシーシに火をつけた。デリーでも、エディはすでにハシーシの売り買いを始めていて、それが生活の基盤だった。話は仏教やヒンドゥ教の話に移っていった。エディはハシーシを吸いながら、カルロスの心のなかを感じてみようとした。「寂しさ」を感じた。自分と似た寂しさのようでもあった。でも、またちょっと違う寂しさだった。父親としての寂しさのようでもあった。もうすぐカルロスは国に帰るような予感がしていた。

デリーにはチベット亡命者のための大規模な「テント村」があった。北インドの大きな都市には必ずチベット部落があった。そこでは、五〇パイサ★ほどのわずかなお金でテントの中のチャーパイ◉と布団を貸してくれた。チベット人は、どことなく日本人のような感じがして、エディはテント村を居心地よく感じていた。

　チベット人は顔つきも日本人に似ているし、言葉までも似ている気がした。彼らはラーメンを食べるが、チベット語でそれを「ツッパ」という。チベット人がそれを発音すると、ほとんど日本語の「そば」に聞こえた。また、数字の三は「ソム」、十は「ジュウ」、二は「ニン」だから「三十二」は「ソム・ジュウ・ニム」となり、これを早く言うと、ほとんど日本語に聞こえた。

　チベット部落では、エディは人を捜していた。「武蔵」という名の日本人だ。

◉チャーパイは編み上げ式ベッド

★1パイサは闇米ドルで約5セント

デリーに来ることをアドバイスしてくれた日本の旅人とボンベイで巡り会った。彼はエディのために、ボンベイからニュー・デリーへの列車の切符を買ってくれた。そして、「デリーに着いたら武蔵という男がチベット部落にいるから」といって、「紹介状」の手紙まで書いてくれた。

武蔵を見つけるのは簡単だった。チベット亡命者のテント村にいって、「日本人の男で、歳は二十代のムサシという人を知っているか」と聞けば、すぐにわかった。武蔵はチベット人には尊敬されているようだった。インドの衣のようなものを身にまとって、すました顔をして、歩いていた。背の低い人だった。言葉がわからないから、何も言わず、難しい顔をして、「う〜ん」と唸りながら、じっと人の話をきいて、それから首を縦に振るので、チベット人には武蔵は「偉い人」のように映っていた。そのためか、チベット人テント村では、彼のテントのチャーパイも、彼はツケで払っていた。チベット人は、彼にお金を請求しないのだった。チベットのおばさんたちが食べ物を武蔵のところに捧げにくることさえあった。チベット人の方が日本人よりも、ずっと密教には詳しいはずなのに、テント村のチベット人は武蔵を崇高な修行僧と勘違いしている様子だった。

久しぶりにエディは、ここでラーメンや「モモ」と呼ばれる餃子◉を食べた。エディには懐かしい味だった。武蔵が頼んでくれたので、ラーメンは大盛りだった。武蔵はとても思いやりがある、面白い人だった。どこか軽いところもあって、チベット人がもっている印象とはまったく反対のところがあった。さっそく武蔵と一緒にハシーシを吸って話し込んだ。

テントは長方形の大きなテントで、中にキャンバスの仕切があった。その仕切があるから、各テントの内部は三部屋くらいに区切られていた。テントの前後には木製の入口の扉や窓があって、入口から出たところには、長い庇のようにテントの屋根が伸びてきていた。そのスペースにテーブルを置いて、ここで人と話したり、食事をしたり、酒をのんだり、団らんのひとときを過ごすスペ

◉モモ（タレ小皿つき）

ースとなっていた。テントの中のキャンバスで仕切られた各部屋にはチャーパイが二つずつ置いてあった。短波ラジオなども置いてあった。武蔵の隣のチャーパイは空いていたので、エディはしばらくここに泊まることにした。

場所は、インドはデリーのチベット亡命者テント村だったが、ほぼ二年ぶりに日本語で武蔵と楽しく語り合い、かすかに聞こえる日本の短波放送で「オールナイトニッポン」を聞き、ラーメンを食べた。懐かしい感じがしてたまらなかった。この二年間はまったく日本からは離れていたが、ここに来て日本的な感じ方や日本語の感覚が蘇ってきているのがわかった。ストリート生活をしているから、当然のことながら、母親とも、妹とも、トムや友人たちとも、誰とも連絡ができず、日本との連絡は切れたままだった。

テント村の中には三ヵ所に水場があった。水場の周りにはヤギや豚が歩き回っていた。その水場に水瓶をもってきて水を汲んでいく人たち、そこで洗面や水浴び、洗濯をする人たち、そこで調理をする人たちもいた。モモやホルモン焼きに似た食べ物のいい匂いがしていた。

ある朝、エディが水場で歯磨きをしていると、十七、八歳の無邪気な女の子が目にとまった。よく見かける女の子で、ときどきニコニコと白い歯を見せていた。肩の肌が光を反射して眩しかった。彼女は身体にタオルを巻いて、髪の毛を洗っていた。肩の肌が光を反射して眩しかった。エディはその子に見とれてしまって、ずっとその子が洗髪するのを見ていた。他の女の子たちが、ちゃかすように、その子の耳元で、チベット語で何かを言っていた。すると、その子は振り返って、いきなり歯磨きをしているエディに洗面器の水をぶっかけた。

その夜のことだった。テントのオイルランプの明かりで武蔵と遅くまで話し込んだあと、エディは自分のチャーパイの上から吊るしてあった蚊屋をくぐって布団に入った。そのときだった。自分たちの部屋の出入口がそっと開いた。今朝、髪の毛を洗っていた女の子が部屋にそっと入ってくるのが見えた。這うようにエディのチャーパイに近づき、蚊屋をくぐってエディの布団に入ってきた。服の下には、下着は身につけていなかった。エディは一瞬、動揺した。凄い！

もちろん、同室の武蔵も気づいていた。「夜這いだ！　夜這いだぜ！　いいのお！」と、小さな、笑いそうな声で独り言のように呟いていた。

オイルランプの優しい、暖かい光線が蚊屋を通して入ってきて、女の肌を照らした。言葉が通じない二人だが、この先は言葉はいらなかった。身体の感覚に溺れ、いつの間にか、眠ってしまったのかもしれない。気がつくと、夜が明けようとしていた。女は起き上がろうとした。エディは女の腕をつかんで、引き止めようとした。すると女は自分の口に人差し指を当てて、「シー！」と言って、静かに立ち去った。

朝になって思い起こしてみると、エディは信じられない幻想世界を生きたかのような感覚だった。「凄い！」としか言いようがなかった。武蔵は笑いながら

「エディ、おまえは、いいよな、夜這いだぜ！」と言って笑っていた。こんな夜が何度かあった。

武蔵の仲間たちはインドのあちこちにいるようだった。デリーにも何人かいたようだった。彼らが集まると、難しい話ばかりしていた。はっきりしたことはわからないし、聞かないようにしていたが、彼らは日本で起こっていた学生紛争と関係があることだけはわかった。

＊

「エディ、久しぶりじゃないか」

カルロスが話しかけてきた。エディがコノート・プレイスでハシーシに火をつけようとしている、ちょうどその瞬間だった。

「ああ、カルロス。デリーはもう寒いな」

「どこで泊まってたんだい、クラウン・ホテル？」

「いや、おれは、チベット人のテント村で泊まっていたよ」

「そこは、いくらで泊まれる？」

「ああ、五〇パイサあれば泊まれるよ」

「五〇パイサか。それはいいな。でもね、エディ、僕は国に帰ることにしたんだ」

「ベネズエラに？　飛行機代は？」

「まあ、ベネズエラに連絡をとって、送金してもらったよ。だから、今は、お金はいっぱいあるんだ。今日、エディに会えてよかったよ。どうしても、もう一度会いたかった。渡したいものもあってね」

そういいながら、カルロスは米ドルの一〇〇ドル紙幣を財布から取り出し、エディに渡した。

「え！　俺に？」エディは驚いた。

「これから、よい旅をね」とカルロスはさりげなく言った。

エディは呆然として、米ドルを見ていた。一〇〇ドルは大金だ。

「エディ、インドを出る前に、他のところも見ていきたいと思ってね、君ならいいところ、知ってるだろう」

「ああ、そりゃ、ボンベイにいったら、サンタ・クルーズ地区のビーチにあるホテル・バイ・ミスティク、絶対。いい仲間がいるから。それからゴア。素晴らしいところだから」

「エディ、君は父親が警察に追われていたとか、何をしているかわからないと言ってたよね」

「ああ」

「でも、きっと父親も、僕と同じなんだろうな、と思ってね。自分をさがしに出かけたんだろう。そういう意味では君もいっしょなんだろう、ね」

エディの身体に一瞬、電気が走ったようだった。確かに、以前から感じていたが、カルロスはちょうど、自分の父親と同じ年頃だった。父親と重なって見えるような気がしていたし、カルロスにもエディと同年代の倅がいるのかもしれない。

「そうだな」

しばらくエディは考え込んだ。父親の顔が浮かんできた。自分の顔と重なるようだった。カルロスとも重なるようだった。きっと自分の父親も、自分自身をさがしに出掛けたのだろう。そして、男として、ふらっと帰るわけにもいかなくなった。自分と同じだった。何だかはっきりしないけれども、何かを見つけ、何かを成し遂げようとしているのに違いない。エディはそう確信した。

この瞬間から、エディの父親に対する見方が変化した。父親も同じように、自分自身をさがしに出かけた者に思えた。そして、「父親は警察に追われて、世間に顔向けができない存在だ」という認識は消滅した。父親は立派な人間だと思えた。誰も父親を悪く言うことはできないし、それは許さない。そう思った途端、胸のなかがすっきりしたようだった。何かがエディのなかでシフトした瞬間だった。

「ありがとう、カルロス」

エディは感動しながら呟いた。

「いいや、エディ、こちらこそ、ありがとう。よい旅を続けろよ。神様の祝福がありますように」

そう言って、カルロスはデリーのコノート・プレイスから立ち去った。

カトマンズへの潜入

時が流れ、歴史が発展と衰退を繰り返し、時代が移り変っていくこの世においても、何ひとつ変わることがない人々の生き方がある。インドでは、それをはっきり認識することができる。

ネパール国境付近、ガンジス河の手前に、エディを乗せた列車がさしかかった。砂肌が見える広大な乾いた陸地にいくつもの村々が点在していた。あちこちの村では、大きな箱舟が乾いた陸地の上に置いてあった。雨期になって、ガンジス河が溢れると、この辺り一帯は水の中になってしまう。村人たちは家族や家畜や食料を舟に乗せて、水が引くまで高台に移動するのだった。おそらく、

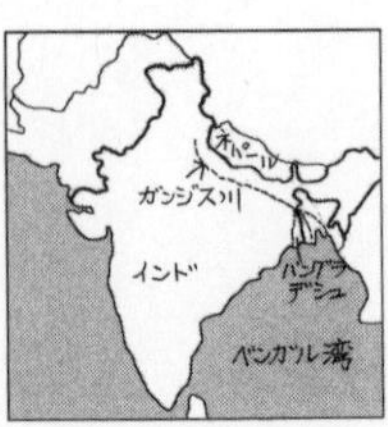

ノアの箱舟の時代から、これは毎年、毎年、繰り返されてきたに違いない。何千年たっても、何ひとつ変わっていない人々の生活がある。

列車はガンジス河のほとりの駅に着き、ここで船に乗り換えて河を渡るのだった。このところ降っていた雨で川が氾濫しているところがあったから、船はその日は出なかった。駅で翌日まで待って、それから旅は続くのだった。

翌日、ガンジス河を渡るスチーム・ボートに乗船した。◉感動的だった。エディはボイラーを見せてもらった。ピカピカに磨き上げられた真鍮の部分が印象的だった。ボイラー係の職員とその助手は英国風のジャケットを着て、その下はほとんど裸だった。ボイラーの周りはそれほど熱い。ボイラーに貼ってある銅板の刻印をみると、ボイラーはイギリス製で、なんと、一八五〇年製だった。まさに、「トム・ソーヤの冒険」の時代のものだ。一世紀以上にもわたって同じボイラーを使い続け、それでいて、ボイラーは新品同様にピカピカに磨き上げられていた。部品はどこで手に入るのかと聞いてみると、ボイラー係と助手は

◉船の側面に大きな車輪がついていて、ボイラーで発生させたスチームで車輪を回し、車輪が水を掻いて進む。

「すべての部品を把握している。それらは、自分たちで作るか、インド国内で作らせている」と答えてくれた。きっと、このボイラー係は、子どものころから、くる日もくる日も、同じボイラーの前に立って作業をしていたに違いない。船が出ない日は、毎日、ボイラーを磨き上げてきたのだろう。

まるで時の流れが止まったかのような列車と船の旅だった。

国境に近い、大きな駅では、ちょっとしたトラブルがあった。ここでネパール国境行きのバスに乗り換えるはずだったが、その日はもうバスは出てしまっていた。エディは駅舎で一夜を過ごすことにした。船が出ずに一泊、バスが出てしまってまた一泊、インドの旅は、まるでスロー・ブルースだった。

日が沈んで暗くなって間もなく、警察は予告もなく、現地の人には見えない旅行者たちにパスポートの提示を求めた。突然やってきた警察の調べから逃れることもできず、エディはパスポートを提示した。

「オーバー・ステイじゃないか」中年の警察官がパスポートのページをめくりながら言った。

「はい、ええ、そうです」

「ちょっと、こっちに来てくれ」と警察官はエディを警察の派出所に誘導した。

そこで警察官は質問を続けた。

「どこへいくんだ」

「ルンビニにいきます」

「ルンビニにいく目的は？」

「俺は日本から来て、仏教徒だから、絶対にブッダが生まれたところを、この目で見たいと思って巡礼に来ました」エディは情熱的に答えた。

「ああ、そうか」警察官の答えには優しさがあった。瞳にも輝きがあった。エディは、派出所に誘導されたときには不安が走ったが、この警察官を見ていると、急に不安がなくなってきた。なんとか、見逃してくれると直感した。しばらく質問をしたあと、警察官が提案をした。

「ああ、わかった。ルンビニに巡礼の旅にいくのは、とてもいいことだ。巡礼にいって、それが終わったら、必ず、ここに戻ってきなさい。ここの派出所の中にパスポート関係の手続きをする係官がいる。いつも、あの机に座っているから、彼を訪ねてきなさい。そして、手続きをちゃんとして、インドに再入国するんだ。いいね」

「ありがとうございます」

「ところで、チャイでも飲むか」

「ありがとうございます」

「金はあるのか?」

「いいえ、ほとんどありません」

「そうか、じゃあ、ここで朝までバスを待って、そして、バスが来たら、運転

手と交渉してあげよう」

「あ、ありがとうございます」

「よく知っている運転手なんだよ」そういって、警察官は親切に応対してくれた。

朝になると、警察官はバス停まで一緒に来てくれた。バスの運転手に何やら囁いた。バスの運転手はエディを招き入れるように手で合図した。バスは無料で乗れた。

警察官の指示どおりに、ルンビニ◉からの帰りにこの派出所に立ち寄ることはエディの計画にはなかった。そうするつもりはなかった。警察官の親切を裏切るような気持ちがした。そう感じるくらい、この警察官と心が通じているのだと気づいた。

国境の街では、エディはバスを降りるとすぐに裸になって、現地の人のよう

◉商人たちで賑うルンビニの街

に腰のまわりに布を巻いて、自分の荷物は頭の上に乗せた。ネパール人はインド系の民族と中国系の民族が混ざっているので、エディもネパール人のように見えた。万が一でも、国境で再び止められることがないように、現地の人のような格好をしておくことにした。

無事にネパールに入り、ひととおりルンビニの街の中を観光し終わったころ、エディは気分が悪くなってきた。元気がなくなり、歩いてもフラフラするような体調不良を覚えた。喉も腫れていて、熱があるようだった。ちょうどそのとき、日本山妙法寺が目に入ってきた。◉

日本山妙法寺の僧侶たちは親切にエディに泊まるところを与えてくれた。そして、自分たちが育てているキュウリを切ってくれた。「これをライムと一緒に食べると熱にいい」と言って用意してくれた。また、彼らが托鉢をしていただいた、痩せた大根もすりおろして与えてくれた。お粥も作ってくれた。結局、

◉釈迦の生誕地に建つ日本山妙法寺

体調が回復するまで、三日間、日本山妙法寺に滞在させてもらった。

僧侶たちには、エディは「なにかワケがある人物」に映っていたのか、エディに何も質問することはなかった。どうして日本語を話すのか、どこから、どういう理由で、どうやって、ルンビニに来たのかなど、彼らは何も聞かずに、ただただ看病してくれた。僧侶たちといい、国境の警察官といい、人の心の温かさが感じられ、感謝の気持ちでいっぱいだった。

通常、ルンビニからネパールの首都、カトマンズに移動するには、再びインド国内に戻って、そこから列車で移動するのが最も一般的な方法だった。しかし、このルートを通ると、国境で入国審査がある。そこで、エディはこのルートを避けて、地元のネパール人が移動する山道を歩くことにした。これは「歩く」というよりも、トレッキングと言ったほうがいい山歩きだった。★まる一日半ほど歩いて、バス停に辿り着き、そこでバスにのって、ポカラ経由でカトマンズにいくルートだった。

地元の人が通る険しい山道をひたすら歩いた。夜はバンヤンの木の下で眠ろうと思ったが、外では夜露がつく。宿屋で部屋に泊まると料金が高くつくので困っていたところ、ある宿屋のオヤジが「ポーチで泊まっていってもいいぞ」と泊まらせてくれた。ポーチには藁のマットが敷いてあり、その上で眠った。宿屋のオヤジにも感謝の気持ちでいっぱいだった。朝になってまた歩き始めて、朝のうちになんとかバス停に到着することができた。

バスの発車予定時刻はあるような、ないようなものだった。要するに、ドライバーの気が向いたときに、バスは出発する。大きな荷物はバスの屋根の上にくくりつけて、乗客は狭い座席に詰め合わせて座る。バスは標高一三〇〇メートルのカトマンズを目指し、ガードレールのない、片側は断崖絶壁のワインデ

★海抜90mほどのルンビニから、最終的には海抜1,300mのカトマンズへと登りつめる。

「ボンネットバス」

ィング・カーブを登っていく。

バスがカトマンズに近づくにつれ、エディはタイムスリップして、古代の日本に入っていくかのような気になってきた。外を通っている人たちの顔つきも、徐々にインド系の顔から、日本人に似た顔つきになってきた。周りの風景には、段々畑がたくさんあった。人々は明るい表情で、歌を歌いながら裸足で畑仕事をしていた。農家は藁葺きの屋根だった。五重塔のような塔もあちこちに見えた。まるでお伽の国だ、とエディは心のなかで呟いた。

ネパールのカトマンズには、ヒッピーが大勢、入ってきていた。カトマンズは、もともとのネパール文化の上に、いわば「ヒッピー文化」が融合したような印象があった。あちこちにカフェがあり、それぞれ、ちょっと系統の異なるロック・ミュージックを流していた。

ヒッピーたちにとって、カトマンズは特別な「聖地」だった。彼らの多くは

「カトマンズ ヒッピー」

瞑想を通して、自分たちで直接、宗教的な体験を得たいと願っていた。そのために、ヒッピーたちはインドや仏教国ネパールに流れ込んできていた。おまけに、ネパールではハシーシは公然と販売されており、国営ハシーシ店や、政府の許可を得て販売している店がいくつもあった。ヒッピーたちにとってみれば、まるで天国だった。

ネパールで、エディはアシッド★をドロップ★★する機会が増えてきた★★★。エディはこれまでアシッドは敬遠してきた。だが、アシッドで得られる神秘的な体験をヒッピーたちから聞いているうちに、徐々にアシッドをドロップするようになってきたのだった。

点眼薬のようにアシッドを目に一滴落とすと、じわりと知覚が変化していった。ネパールの山並みを見ていて気がついた。風が吹いてくると、山並み全体が風で棚引いていった。風は世界を動かしている、という観念が浮かび、それを実体験しているような錯覚の世界に導かれていった。

★LSD
★★使用
★★★大麻などの天然の葉っぱではなく、アシッドは化学的に生成された麻薬。

一方、心に悩みや弱みがあれば、アシッドは「バッド・トリップ」と呼ばれる、ひどくて恐ろしい幻覚状態を呼び起こす。心のなかを常に強くもって、自分であることに偽りや隠し事がない、真の自分であることをエディは常に心掛けるようになっていた。

カトマンズに到着してまもなく、エディは「国営ハシーシ店」を訪ねた。国営という表示があったが、実際には政府の認可を得た販売店だった。この店のオヤジとはすぐに馬があった。声が柔らかく、まじめで優しい感じのオヤジは、ネパール国内のいろいろな産地のハシーシを「試飲」させてくれた。それらの「試飲」が終わったときには、エディもオヤジもフラフラだった。カフェとして営業していた店の一階でお茶を出してくれた。

「君はどこに泊まっているんだね」オヤジが聞いてきた。

「いや、これから探すところです」

数日間はホテルに泊まっていたものの、資金は尽きてきていた。

「そうか、じゃあ、ここにしばらく暮らすか?」

「え、いいんですか」

「ああ、いや、実は、君は英語もたっしゃだし、見た感じ、悪い奴じゃなさそうだし、どうだ、うちの店で働かないか、人を探していたんだ」

「え、本当ですか、この仕事なら喜んで……」

「ああ、そうなんだ。つまり君は、ハシーシのことは相当詳しいことはわかったよ。そして英語もたっしゃだ。だから、店の中でハシーシを売るだけじゃなくて、ヒッピーたちに売ってきてほしいのさ」

「つまり、営業に、外回りの営業」

「そうだ。ヒッピーのお得意さんを作ってほしいんだ。君ならできそうだ」

この会話の結果、エディはハシーシを欲しがっているヒッピーや外国人に、ハシーシを売って、店から手数料をもらうことになった。エディは、国営ハシーシ店の営業主任のような役割になった。
お得意さんを回るため、エディはいくつかのカフェの常連になった。ギターの弾き方を覚え始めたエディは、カフェで弾き語りで歌うこともあった。もちろん、ハシーシの営業もちゃんとしていた。

こんな生活を数ヵ月しているうちに、カフェで「モン」と名乗る日本人と知り合った。モンは二十代の後半だった。彼は、福岡は博多の出身で、地元の大学を出て、会社に数年間勤めていたが、人生の視野を広げたいと思うようになり、会社を辞めてネパールにやってきた。エディの話を真剣に聞いてくれた。

「エディ、君は凄いね。若いのにね。いろいろな人生経験があるよね」

モンはエディを頼もしく感じているようだった。


「あ、まあ」

「僕はさ、人生を広げたいっちゃんね、世界を見て体験したい。もっと、あちこち旅をしたい。それで、今度、ニュー・デリーにいこうと思って……」

「ああ、ニュー・デリーはいいですよ。あそこにいくならね、チベット人キャンプがあるから……」

「チベット人キャンプ？」

「あの、チベット難民のテント村ですよ」

「へえ、そげなもんがあるとね」

「ええ、北インドにはいっぱいありますよ。で、ニュー・デリーのテント村で武蔵という男を探してみるといいですよ。本当にいい人ですから」

「武蔵さん？　なんばする人ね？」

「いや、何をする人なのか、僕もよく知らないけど、会えたら『エディがよろしくって言ってた』と伝えてください」

「ああ、ありがとう。それでね、実は来週くらいに、デリーに出発しようかと思うとっちゃん。でもその先もある。デリーから、パキスタン、アフガニスタン、トルコの方までいってみたい」

「トルコまで？」

これは面白そうな話だとエディはワクワクしてきた。

「そう、要するにアジア、中近東をこの足で歩いてみたいわけ」

「面白そうやなぁ」

「エディ、一緒にいかん？」

「ええ、是非、いきたいですね。でも、来週、というわけにはいかないですね。もう少し、ここで儲けてから。で、俺、もう自由の身になったし、世界を見て回りたいと考えていたところなんですよ」

「ああ、わかった。じゃあ、僕は北インドを二週間ほど、旅して回るからさ、そのあと、ニュー・デリーで合流しよう」

「それはいいですね。来月の中旬くらいに。ニュー・デリーのチベット人テント村で落ち合いましょうか?」

「いいね、よし! そうしょう。ところで、いま『自由の身になった』って言ってたやろう、それ、なんのこと?」

「ああ、いや、パスポート、というか、インドのビザが滞在期限切れになってたって、前に話したでしょう、あれですよ」

「ああ、あのことね。で、パスポートを盗まれたことにして、再交付してもらうちゃろ? それは、どうなった?」

「そうそう、意外と簡単だったんですよ、それが」

「あそう！　よかったね」

「警察にパスポートが盗まれたと届け出て、カトマンズの警察署で盗難届を書いてもらって、それをもって日本領事館にいってきたんですよ」

「で、うまくいった？　怪しまれんかった？」

「それが、ぜんぜん。カウンターには現地のスタッフがいて、そのスタッフに旅券番号と盗難届け渡して、そしたらスタッフが奥にいた日本人の役人にそれらを渡して、あとは、滞在先を書いて渡したら、奥の日本人の役人が『数日のうちに連絡しますから』と日本語で言って、それだけ。ぜんぜん質問もなにもなし」

「そんなもんたい、役所ちゅうところは。役人はね、書類さえ整っていたら、それでいい。警察署とか、公的機関が発行した書類やったらね、それでいい。エディみたいな怪しい顔をしててもさ……」

「怪しい? 俺の顔?」

エディは笑った。

「いやいや、ハハハ、怪しい、ちゅうわけやないけど、どう見ても、日本人には見えんもん」

「ネパールで『俺、日本人です』って言っても誰も信じてくれませんからね」

「そりゃそうたい。ところで、エディ、最近、ちょっと明るうなった?」

「そう見える?」

「見える」

「やっぱり、俺、ずっとひっかかってたんですよ、パスポート。これが、もうちゃんとなったんで、本当に気持ちが楽になった、もう、のびのび、胸を張って世界に出ていける。そんな気になってきて……」

アムリッツァル　ヨーロッパの出入口

ジュフー・ビーチのホテル・バイ・ミステイクに再び戻ってきた。

何度目だろう？　とエディは指を折りながら考えていた。大小の旅行、すなわち長距離、短距離をあわせるとかなりの回数になっていることはわかった。その度にここに戻ってくることを思うと、「ここが自分の居場所なのだろうか」という考えが浮かんできた。

でもそれは、もっと大きな仕事とか、もっと自分に向いた仕事に出会っていないということの証のようにも思えた。もっと自分にあった仕事や場所があるならば、ホテル・バイ・ミステイクには帰ってくることはないかもしれない。

でも、今回もまたここに帰ってきてしまった。

それにしても、モンとの旅は超長距離だった。いろいろな出会いがあった。いろいろなことがあった。それはそうだろう、北欧だぜ、とエディは思い出して笑みを浮かべた。

単身でカトマンズを出発し、デリーでモンと合流した。二人はパキスタンとの国境の街、アムリッツァル★でパキスタンに入った。シーク教の本山とも言える、黄金の寺院、「ゴールデン・テンプル」と呼ばれるハリマンディル・サーヒブは、とても立派な建造物だった。いつでも食事を振る舞っていた。このアムリッツァルこそ、今回の長旅の出入口となった。

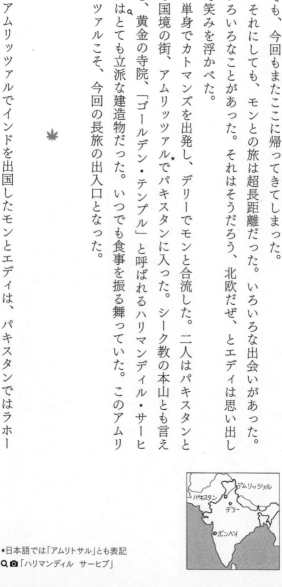

アムリッツァルでインドを出国したモンとエディは、パキスタンではラホー

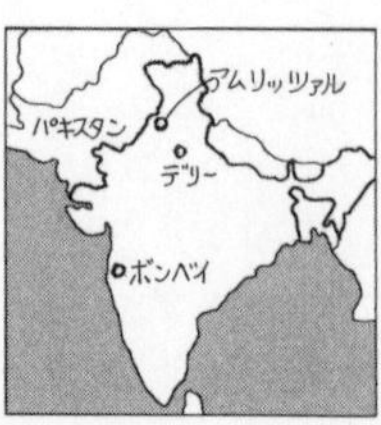

★日本語では「アムリトサル」とも表記
「ハリマンディル　サーヒブ」

ル、ペシャワールへとバスで進み、別のバスでカイバー・パスを通ってアフガニスタンに入った。カイバー・パスはさすがに凄いところだった。山と山の間の深い谷底の川縁に道路があった。道路は崖をのぼり、片側は断崖絶壁の危険な道となっていき、それがいつまでも続いていた。★

カイバー・パスはもともと誰の統治下にも置かれない無法地帯だった。パシュトゥーンという現地の部族が歴史の始めからここを守っていて、ここを通るにはパシュトゥーンに通行料を払うしかない。アレキサンダー大王の軍隊も、イギリス軍も、そうやって通行させてもらったのだ。そして、そのパシュトゥーンは、絶対に統治されないし、誰の言うことも聞かない。アレキサンダー大王が率いるギリシャ軍であろうと、イギリス軍であろうと、彼らは屈しない。彼らは、彼ら自身の掟、礼儀とプライドで胸を張って生きてきた。魅力的な生き方だ、とエディは思った。

武装したパシュトゥーンたちが見守るなか、エディたちが乗ったバスはカイ

★ここはアレキサンダー大王のころから、重要な戦略拠点だった。ペルシャ側（現在のアフガニスタン）からインド側（現在のパキスタン）に入るには、ここを通る必要があった。

バー・パスを通過した。バスは屋根に荷物や車内に入りきれない乗客を積んでカイバー・パスを抜けてアフガニスタン側に走った。迫力満点だった。

アフガニスタンに入ると、エディたちはバスでジャララバードを経由して、カブールに到着した。カブールまで来ると、ペルシャに入ってきた感じがした。空の色がまるで違っていた。ラピス・ラズリーの色だった。

カブールの気候はインドとは違っていて、野宿できるようなものではなかった。そこで、放浪者の間では安い宿として有名な「グリーン・ホテル」に泊まることにした。

「俺たちは、しばらくカブールに滞在したいけど、お金はあまりないんだ」

エディがフロントにそう告げると、馬鹿にしたような返事が返ってきた。

「ああ、半地下の部屋があるよ。何年も掃除していないし、サソリがいるかもしれないが、片付けてくれるのなら、いいよ、安く泊めてやるよ」

エディとモンは一瞬考えた。だが、この挑戦に屈するわけにはいかなかった。

「わかった。掃除道具を貸してくれ」

そう言って、エディとモンは半地下の部屋を片づけた。くもの巣や砂埃、不用品やゴミの山だった。ホテルの人たちが驚くほど綺麗に掃除が進んで、ベッドがようやく姿を現した。ベッドの下もちゃんと掃除をしておこうと、ベッドの下を覗き込んだ瞬間、包みのようなものが見えた。革袋だった。少しカビが生えていた。

二人はそっと、その革袋を開けてみた。中身は、なんとハシーシ三キロとスウェーデンのパスポート二通だった。どういうワケがあったのか、誰がここにパスポートとハシーシを隠したのか、それらを解明する手がかりはまったくなかった。見た感じでは、この革袋は、もう何年もここに眠っていた。そしてそれは、あたかもエディとモンを待っていてくれたかのようだった。

さっそく、パスポート二通はパスポート偽造屋に売り飛ばした。ハシーシは資金源にした。それにしても、いいハシーシだった。太陽の光があたらないところで革袋に包まれて、熟成したようなものだった。

カブールでしばらく滞在したあと、インター・コンティネンタル・トラック★や地元の人たちが利用するバスの旅を続けてヘラートを通り、イランの国境を越えた。そのあと幸運なハプニングもあってテヘランに到着した。

国境地帯では、ハシーシは常に袋に入れて、ジーンズの股間に括りつけて旅をした。イスラムの人たちは検問所であっても絶対に股間には触れない習わしだからだ。ボディ・チェックでも、股間だけはノー・タッチだった。

イラン国内では、二人の秘密警察に尾行されていた。そして、とうとうあるカフェで、彼らが話しかけてきた。彼らは自らを秘密警察と名乗り、エディとモンの滞在予定や旅行目的を聞き取った。それらを手帳にメモしたあと、「お金がないのならテヘランまでバスで送ってあげるよ」と言って、一緒にバス停ま

★大陸横断トラック

で同行した。

バスの運転手に警察手帳を見せたうえで、運転手の名前や免許証番号、バスの車両番号、登録番号などをメモに書き取った。何が起こっているのかわからず、ビクビクしている運転手に、彼らは「この二人をテヘランまで乗せていけ」と命令した。バスの運転手は、おそるおそる命令に従った。おかげで、テヘランまでの長い旅は無料だった。


トルコの国境でも興味深い体験をした。トルコ人はもともと親日感情が強いとは聞いていたが、本当に日本人には特別に親切だった。

国境の入国審査の長い列を待っていると、トルコの入国管理官がエディとモンのところまで歩いてきて、「日本人ですか」と聞いてきた。「そうです」と答えると、だれも並んでいない別のブースを開けてくれて、そっちに移動するように言われた。何かまずいことがあるのかもしれないと心配になった。でも、

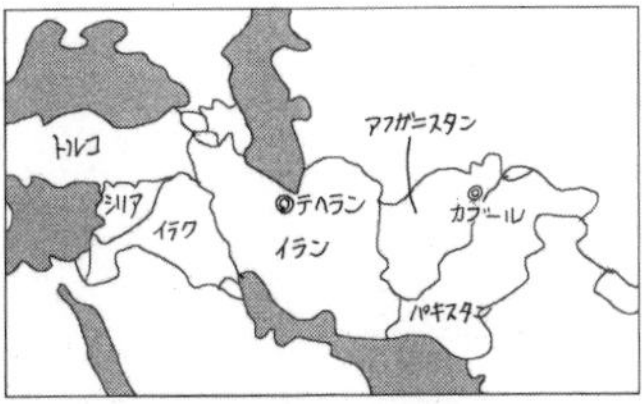

ブースでは「日本人は勇敢だ、いい国だ」などと言いながら、入国のスタンプを押してくれた。まさに特別扱いだった。

イスラエルのテルアビブ空港で事件を起こした日本赤軍はアラブでは英雄扱いされていた。★イランの秘密警察はエディたちを日本赤軍と思っていたのかもしれない。そして、赤軍の活動を少しでも援助するためにバスにただ乗りさせてくれたのかもしれない。国境での特別扱いも同じことが背景にあったのかもしれない。

トルコのイスタンブールでは驚きの出会いがあった。イスタンブールの「ホテル・メリー」といえば、放浪の旅をしているものには有名な宿だ。その名前はインドにまで伝わってきていた。「イスタンブールにいったら、ホテル・メリーだぜ」とヒッピーたちや、放浪者たちから聞いていた。エディとモンはそのホテルを探して、宿泊することにした。

★日本赤軍が空港で銃を乱射し、ユダヤ人を無差別に殺したことは、アラブの人々やイスラム圏の人々には賞賛されていたのだった。

ホテルのロビーに入ったとたん、エディは目を疑った。小さなロビーに置いてあった応接セットに倒れ込むように座っている白人がいた。見るからに衰弱した病人だった。よく顔をみると、間違いなく、グンターだった。ボンベイのホテル・バイ・ミスティクで一緒だった、あのドイツ人技術者グンターだった。

「グンター！　グンターじゃないか」

「エディ！　おお、エディ。こんなところで会えて幸いだ。神様に感謝したいよ」

「グンター、どうしたんだ」

グンターは見るからにやせ細り、病弱だった。エディが声をかけても、椅子から立ち上がることもできなかった。身体が動かず、目だけがエディを見据えた。

「病気なんだ。ひどい病気」

「病気？　熱があるのか」

「ああ、そうだ。ひどい熱が続いている。食べることもできない」

「何も食べてないのか」

「水は何とか飲める程度だ」

「なんの病気？」

「マラリアじゃないか、と言われたんだ」

「病院にはいったのか？」

「いや、病院にはいっていない。高熱で、起きていても、うなされているんだ。ここに来る列車でも、高熱で幻覚を見ていたんだ。そして、窓を開けて、窓から外へ飛び出そうとしたんだ」

「窓から飛び出す？　アシッドのバッド・トリップ★じゃないの、それ？」

★LSDによる悪い幻覚を伴う状態

「いや、熱だ。アシッドなんて、とんでもない。それで、乗り合わせていたトルコ人たちが、僕を押さえつけて、飛び降りないように、身体を椅子に縛って、縛られてきたんだ、イスタンブールまで」

「で、このホテルに泊まっているのか」

「そう、ここでドイツからの送金を待っているんだ。もうすぐ着くはずだ。そのお金で、僕はドイツまで長距離バスで帰るんだ」

そう言うと、グンターの弱々しい声はかすれ、身体もぐったりしてきた。


グンターの看病をして数日間、イスタンブールで過ごした。彼の体調はあまり回復しなかった。グンターの送金小切手が到着した後、一人でドイツに帰る自信がないから、一緒に来てくれと言われた。グンターのお金でエディとモンは、長距離バスで彼をドイツの実家まで送り届けることにした。

現地の人々が乗るバスではなく、ヨーロッパ人が乗る高速長距離バスだった。乗り心地は天と地の差だった。イスタンブールから北へ、ユーゴスラビア、オーストリアを経由して、ドイツ、フランクフルトに到着した。その先、地元のバスを乗り継いて、グンターの家までいった。

両親の驚きようは凄かった。もう死んだかもしれないと思っていた息子を二人が家まで届けてくれたのだから……。

グンターの家では、エディとモンは大歓迎された。アジアを旅しに出かけ、病気で衰弱した息子を「救出」してドイツの家まで送り届けてくれた恩人として扱われた。そればかりではなく、もう六十代後半のグンターの父親は、第二次世界大戦のころはドイツ兵で、同盟国日本に対しては賞賛の言葉しかなかった。「日本の軍隊は世界一だった！」とエディとモンに熱く語った。

生まれ育った環境に帰ってきたからか、グンターの体調はみるみる良くなっていった。グンターの友人たちも頻繁にグンターの家に出入りするようになり、東の国々の様子を聞きにきた。まるで小説家ヘルマン・ヘッセになったかのように、グンターは熱く語った。エディがもっていたハシーシも、かなりの量をグンターの友人たちに振る舞ってしまった。

数週間がたったころ、エディとモンは「歓迎の消費期限切れ」をそれとなくグンターに通告された。エディとモンの旅は、今度はＤＢ★に乗せて、デンマーク国境まで進み、そこでデンマーク鉄道に乗り換えて、コペンハーゲンに終着したのだった。

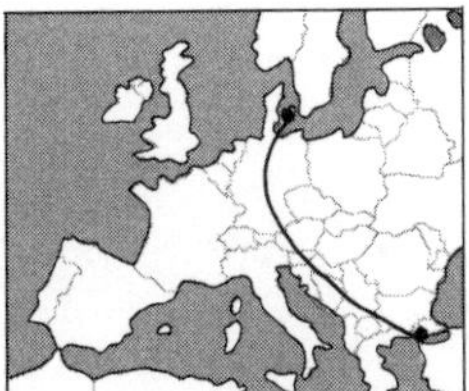

★Deutsche Bahn: ドイツ鉄道

コペンハーゲンのヒッピー・メッカからの脱出

彼らがコペンハーゲンを目指した理由ははっきりしていた。コペンハーゲンのクリスチャンヘイブン地区といえば、オランダのアムステルダムと並んで、ヨーロッパの「ヒッピー・メッカ」のようなところだった。この二つの都市のうち、アムステルダムでは大麻は合法だった。だからアムステルダムではハシーシ販売には簡単に参入できないだろうとエディは考えた。そうなると、エディたちの旅の目的地は必然的にここ、コペンハーゲンに決まった。

あちこちの店で演奏されていたロック・ミュージックが道に溢れ出していた。グラス★もハシーシも、アシッドも、ここでは何でもありだった。カフェから流

★大麻

れ出す音楽と麻薬に、この地区の人々は酔いしれていた。エディもときどき、アシッドをドロップ★するようになっていた。だが、ヨーロッパに入ってから、あまりいいトリップをしていなかった。バッド・トリップとまではいかないもののの、アシッドで人生に対する何らかの洞察を体験することはなかった。広がりがなかった。どこかで、エディは自分がヨーロッパには合っていないような居心地の悪い感覚に触れていた。

夏のはじめに到着したヨーロッパも、今では夏の終わりが感じられてきた。暗くなるのが早くなった。夏ならば夜の九時を過ぎても明るいのに、もう九時では真っ暗だった。外に座っているのも寒くなってきた。街でみかける家々の窓には内側から暖かい照明の光が屋外にこぼれ出してきていた。家庭の暖かさのようなものが、屋外にいる人たちに誘いかけるようだった。「暖かいお家に帰りましょう」と、優しいメッセージを送っていた。

★使用

インドのように、外で眠ることはできない。人々は、昼間は働いて、そのお金で家を買って、夜は家庭の団欒のなかで休息する。この社会では、人々は生産的に働かなくてはならなかった。そうでなければ、厳しい冬は越せない。何か余裕がない堅苦しさ、気楽さの欠落のような感覚が肌で感じられてきた。夏のバカンスの間、人々は開放的で自由、気ままに生きていた。しかしそれは、夏が終わってから到来する、厳しくて不自由な冬への反動のようなものなのかもしれないと思えた。

コペンハーゲンでも幸運に恵まれていた。

すぐに、外国人好きのアパート・オーナーと知り合った。彼はアパート一棟の六階だけを所有していて、いろいろな国の人たちに六階のアパートの部屋を賃貸していた。そこで、エディとモンはツー・ベッドルーム★のアパートを借りることになった。中華料理屋の皿洗いの仕事もすぐに見つかった。もちろん、

★2LDK

不法就労ということになるが、ヨーロッパでは固定収入が必要だった。また、料理屋だから、食事にありつくことは心配しなくてもよかった。「まかない」の食事、しかも醤油味の中華料理が食べられる、おいしいバイトだった。

アパートの隣には日本人が住んでいた。二十代の男性だった。一度、挨拶にノックしたときに、中に入れてくれた。ヤマハのギターが置いてあったから、音楽関係者かもしれない。それにしても、暗い性格の人だった。あまり話をしない人、存在のエネルギーが感じられない人、そんな感じの人だった。エディは、この男とはあまりかかわりたくなかった。

それでも、ある夜、エディとモンとこの生気が感じられない日本人男性はカフェで一緒にトリップすることになった。

アシッドをドロップしたエディは不気味な夜へと深く侵入していった。

通りで誰かが、エディを呼び止めていた。「ガー」というような動物の泣き声でエディを呼ぶのだった。振り返ってみると、ガーゴイルだった。★ライオンのような顔をしたガーゴイルがエディを睨んでいた。そして、あろうことか、ガーゴイルと視線が合うと、ガーゴイルがニタッと微笑んだ。よく見ると、あちらこちらの建物の前や屋根の隅のガーゴイルたちがエディを見て何かを伝えていた。

エディは奇妙な夜に一歩一歩、進んでいった。

このときは、バッド・トリップに入ってしまった隣の日本人をひとまずアパートに連れて帰る途中だった。彼は泣いていた。何を思っているのかわからなかった。とにかく、ひどく暗い表情だった。もちろん、まっすぐ歩くことはで

★鬼瓦など屋根の端などに設置されている魔除けの鬼の彫刻。大きな建物のエントランスの両側には動物の姿をした石像のガーゴイルが置いてあるところもある。
「ガーゴイル」

きず、モンとエディはこの日本人の肩を支えて、アパートまで辿り着いた。
アパートメント・ビルに入ると、隣の日本人が転んだのか、なにかで、もたもたしていた。やっとのことで、エレベーターの前まで彼の身体を肩で支えて引きずってきて、「上」のボタンを押したところで、またモンの声がした。

「エディ、こいつ！」

声には苛立と不安が混じっていた。

「なんやねん」

「コイツ、アパートの入口、アレ！」

「だから、なに？」

エディはアパートのエントランスを振り返ってみた。隣の日本人の靴が、きちんと揃えて置いてあった。まだ部屋に辿り着いていないのに、隣の日本人は靴を脱いで、それを丁寧にアパートメント・ビルのエントランスに揃えていた。

「まだや、まだや、まだ家とちゃう。もうちょっと、頑張っていこうや」

エディは隣の日本に声をかけた。

「エディ、靴を揃えとるぞ、こいつ」

モンは怯えた様子だった。

「ええやんか、放っておいたらええやんか」

そう言いながら、エレベーターに隣の日本人を抱え込み、六階の彼の部屋まで連れていった。


さすがに疲れたエディとモンは、隣の日本人の部屋に座り込んだ。

隣の日本人は窓を開けた。両開きの窓だった。そして、まだ泣きながら、ときどき笑っていた。不気味だった。彼は窓枠に腰をかけて、泣き笑いを繰り返した。

モンは凍りついた。あまりにも異様だった。

隣の日本人は窓枠から後ろに身体を反らし、そのまま下に落ちようとしては、また重心を前に戻し、室内の方向を向いた。

「……　……」

彼は何かを呟き、泣いているのか笑っているのかわからなかった。

モンはまったく凍りついていた。フリーズ状態だった。ビルの玄関で靴を揃える、という行為の意味がわかっていたからだ。それは自殺を暗示させるものだった。そして、窓枠に座り、ときどき身体を後ろに反らしている仕草は、自殺を実行しようとしている、まさにその瞬間であり、その瞬間のなかにかすかに、ためらいがある証だった。しかし、急に彼の身体に飛びついて、引き戻そうとしても、その瞬間、隣の日本人は身体を後ろに反らして、この六階の窓から転落自殺するのは明らかだった。

モンは目を大きく見開いた。

「エエ、エディ、エエ、エディ」

隣の日本人は再び後ろに身体を反らした。

「危ない！」

エディは咄嗟の判断で男をつかもうと、窓の方向に飛びかかった。

その瞬間、隣の日本人は窓枠から転落した。

エディが差し出した手は、ほんの一瞬だけ、男の身体の一部をかすめた。一瞬、触れただけだった。まるで、スロー・モーションで見ているように、男が転落していくありさまがエディに見えた。深い、暗い海に沈んでいく死体を見ているようだった。

「まずい！」

エディは大声をあげた。モンは床にしゃがみ込んだままだった。泣いていた。

エディは階段を駆け下りて、隣の日本人が落下したところに走っていった。

頭から転落したようだった。うつ伏せだった。頭蓋骨が割れ、白い内臓のようなものがはみだしていた。目撃者が数人、周りを囲んでいた。そしてデンマーク語で何かを叫んでいた。朝になろうとしていた。

「ダメだ」

エディは、一目散で六階の自分の部屋に戻った。隣の日本人の部屋のドアはまだ開いていた。

「モン！　モン！　こっちや！　こっちや！」

エディは大声でモンを呼び寄せた。警察が来る前に部屋にあるアシッドやハシーシをすべてトイレに流す必要があった。モンが部屋に入るのを見届けて、玄関ドアを締めて施錠した。少しでも時間を稼ぐ必要があった。

モンはまったく役に立たなかった。ただ、興奮してわめいているだけだった。エディはトイレにハシーシやアシッドを流した。ちょうどそのときだった、ノックもなく玄関ドアが爆発したかのように開いた。

大きな体格をした制服の警官二人がドアを蹴り開けて飛び込んできた。拳銃は抜いていた。大声のデンマーク語で何かを怒鳴っていた。無抵抗にトイレの前に立っていたエディの髪の毛を掴み、引きずって部屋から連れ出した。捜査令状も説明も何もなく、デンマーク語で何かを叫びながら、エディとモンは連行された。

殺人容疑だ、とエディは心のなかで思った。目撃者がいたとしたら、エディが隣の日本人を突き落としたかのように見えていても不思議ではなかった。

＊

警察署で二人は尋問された。モンはまだトリップしている様子だった。泣き声のような、わめき声のような声をあげていたかと思うと、ガタガタ震えだしていた。もちろん、二人ともデンマークの言葉は理解できないし、モンは英語もあまり話せなかった。エディは日本領事館に連絡して通訳を派遣してもらうように要請した。

　五十代のネクタイをしめた体格のいい刑事は「うん」と頷いた。彼は、映画にでてくる刑事のようで、誰がどう見ても、すぐに刑事とわかるような雰囲気をもっていた。

　しばらくすると、日本人の日本語通訳が到着した。大学生くらいの年齢の日本人だった。おそらく、現地の大学に来ている留学生で、アルバイトで通訳をしているのだろうと思った。デンマーク語は見事なまでにパーフェクトに聞こえた。

　エディはこの通訳には安心感をもった。そのためか、この通訳には何でも話せるような気がした。通訳を通して、インドから旅をしてきたこと、刑事には言っていないが、中華料理屋で不法就労をしていること、アシッドでトリップしていたこと、隣の日本人については出会ったばかりで何も知らないこと、アパートのエントランスで靴を揃えたころから、何か不気味な感じがしていたこと、などすべてを打ち明けた。

このあと、彼らは警察署の取調室で待たされた。通訳と刑事は別室で何かを検討しているようだった。時間は長くかかっていたようで、エディは椅子に座ったまま、少し眠ったのかもしれない。かなり疲労していた。

ネクタイをしめた刑事と通訳が取調室に入ってきた。刑事は英語で話しだした。

"I'm sorry for all that happened to you. We have investigated this incident, and have come to the conclusion that you two must leave this country immediately.★"

国外退去か、とエディは考えた。殺人事件の容疑者にならなくてよかった、そう思って安心した。じゃあ、どうして国外退去なのかと考えてみると、腑に

★たいへんなことでしたね。本件を調査しました。そして、あなた方二人は、すぐに国外に出ていただくことと結論しました。

落ちない点もあった。裁判もないまま、国外退去処分なんて可能なのだろうかと疑う気持ちもあった。だが、ここで文句を言う気にはなれなかった。

デンマークを去って、この際、ヨーロッパを去って、早くインドに戻ろうとエディは決心した。やはり、ヨーロッパは肌に合わないことははっきりしていたし、ちょうどよい機会なのかもしれない。


刑事はエディとモンをアパートまで同行し、荷作りを監視した。そして、駅まで同行したうえに、一緒に列車に乗り込み、ドイツ国境の駅までついてきた。確実に国外に出たことを確認する目的だったのだろう。

国境の駅で刑事は下車した。エディとモンはＤＢの特急に乗り換え、フランクフルト郊外にあるグンターの家を目指した。特急は広大な草原や畑や森や城壁に囲まれた小さな集落や教会の塔が中心にある中世の街をハイスピードで駆け抜けていった。

アムリッツァルへの帰り道

グンターの家に立ち寄ったエディとモンは、フランクフルトからトルコのイスタンブールまでバスで移動した。イスタンブールでは再び、ホテル・メリーに滞在した。

二人が市内の公園付近を散歩している午後だった。エディの目に古いノートン・コマンドが飛び込んできた。名車とも言える、七五〇ccの珍しいバイクだった。バイクの横に立って、タバコを吸っていたおじさんに話しかけてみた。

「これ、ノートン・コマンドですか?」

「ああ、そうだ。よく知っているね」

「モーターバイクは大好きで。どうですか、走りは」

「いや、実は、もう古いし、ボロボロで、売ろうかと思っていたところなんだよ」

「売る？　え！　本当ですか？　俺が買ってもいいですよ」

「いや、買ってくれるとありがたいけどね」

話は思いのほか簡単にまとまった。五〇米ドルでエディはノートン・コマンドをゲットした。エディはこれを運転してテヘランまで走ることにした。モンはバスでテヘランに向かい、二人が以前、滞在したことがあるテヘランの留学生用のアパートで集合することにした。


ノートン・コマンドに乗ったエディは快適なライドを楽しんだ。道路は舗装状態もよく、快適だった。

イランに入ると、風景は広々としていた。映画でみるアメリカのフリーウェイみたいだった。三日間のライドの途中、街道沿いの「カバーブ・ハウス」★に泊まった。カバーブは、ぶつ切りの肉を鉄の棒に刺して、岩塩をふりかけて、焼き鳥のように調理したものだ。チェロカバーブは、カバーブをナンと一緒に食べるセットだった。プラウとよばれるピラフもあった。そこに宿泊して、羊のチーズとナンをもって、朝になると出発した。ノートン・コマンドは故障もなく、最高のフィールで走ってくれた。

エディは自分がバイクに乗るのが、どうしてこんなに好きなのかがわかってきた。それは、バイクを運転しているときは、頭の中が空っぽになり、すべての考えが消え去っていくからだった。そして、路面、エンジン、風、風景など、自分を含めてすべてが一体となる体験をするのだった。「我」の存在が消滅し、地球との一体感が体験できる。

夜、外灯や民家の明かりがない砂漠でライトを消して走ってみた。星空が眩しいくらいだった。流れ星が頭上を流れていき、数えきれないほどの数の星た

★カバーブ・ハウスは、こういった食事をとって宿泊するレストハウスで、長距離トラックのドライバーなどが頻繁に利用するところだった。

ちが天空に輝いていた。路面は暗くて見えなかった。そんな真っ暗な地上を走っているとき、空が上にある、という感覚さえも消失していった。バイクに乗ったまま宇宙空間に飛び出していくように感じた。「自分」の感覚はなくなり、大宇宙と一体になり、さらにその全体が生きているという感覚をエディは全身に覚えた。この感覚がたまらなく好きだった。

テヘランへのドライブ中は気候も暖かく、食文化も、街の市場の雰囲気も、インドに似てきていることが実感できた。エディは存在の深いところで、ホッとする感覚を味わっていた。

テヘランに着くと、エディはモンと日本人留学生用のアパートで合流した。先に着いていたモンは、留学生たちとの交流に熱心なイラン人と仲良くなっていた。フセインという男だった。駅などの公共施設にテレビを設置している技術者だった。フセインを通して、エディはノートンのバイクを二〇〇米ドルで売ることができた。五〇ドルで買ったバイクが二〇〇ドルで売れたのだから、それだけでも儲け物だった。

　また、フセインを通して、エディはもっと深い出会いに遭遇した。

　ある日、フセインは、ぽっちゃりした、目鼻立ちがくっきりした女性を紹介してくれた。アミーラというブルーの目をした女性だった。その瞳は深く、ちょっと悲しそうで、それでいて芯が強そうな感じの輝きがあった。肌の色は白人のようで、ギリシャ人かイタリア人のようにも見えた。二十代後半だった。

　エディはアミーラに誘われて彼女のフラット★を訪ねた。彼女は貧乏な田舎の家から裕福な家に嫁いだのだった。その裕福な男性の家は本物のハーレムだった。ペルシャ世界では、男性一人に対して女性四人までと結婚することができ

★アパート

る。そして、男性に五人目の女性ができると、四人の女性のうちの誰かが離婚することになり、生涯生活していけるだけの「手切れ金」をもらって、別れていくことになるのだ。こうやって離婚された女性は、実家に帰ることはできず、自分でフラットを借りて、そこで孤独に生活していくことになるのだ。アミーラはそんな孤独な女性の一人だった。

アミーラの話を聞いているうちに、エディはこの年上の女性に引き込まれていった。彼女に対して深い同情と共感を覚えた。また、「どうして、こんな人に、こんな境遇が待ち受けていたのか」と、人生の不条理を感じてならなかった。彼女の深い、青い瞳を見ているだけで、人生の悲しいストーリーが伝わってくるようだった。

エディはアミーラのフラットで暮らすようになった。アミーラはセクシーだった。ときどき黒い、シルクのようにスムーズな生地でできたブルカを、彼女は何も身にまとわない裸体の上に着ていた。イスラムの女性が身にまとうブルカは、真っ黒い生地でできているが、網の目のようになっているところがいくつかあり、そこを通して見るアミーラの素肌は、ブルカの下にある裸体へとエディを誘った。二人は人生の荒波のなかでめぐり会った男と女として、刺激的に、強烈に、そして親密に愛し合った。

アミーラに甘えられると、エディは無抵抗になってしまった。エディは甘えること、甘えられること、といった感覚をほとんど忘れていたのだった。自分にもたれてくる女性の肌の感触や、女性の膝枕で居眠りをする感覚は、エディが忘却していた感覚だった。それらは忘却の彼方から恐ろしい勢いで蘇り、エディはアミーラの園の虜になってしまった。

思ってみれば、神戸を出てから、甘えたり、甘えられたりする感覚はほとんど体験していなかった。エディは絶えず自分で自分の身を守るように、自分に力をつけるように、自分が気をつけるように、自分の不安を自分で克服するように、自分であることに自信をつけるように、自分が何とかインドで生きていけるように、と自分の自我を強化しながら生きてきたのだった。アミーラという年上の女性に守ってもらう感覚は、何年も経験したことがない、柔らかい、そして居心地のよい感覚だった。

アミーラはエディのために優しい味の家庭料理を作り、それを食べ終わったらエディは、アミーラの膝枕でウトウトしていた。アミーラは片言の英語でエディに話した。


「ねえ、エディ、このまま一緒に暮らそうよ」

「ああ、そうしたいところだけど、俺は所詮、旅人だからな」

「もう旅はしなくてもいいじゃない、ここにいたら居心地がいいでしょう」

「ああ、確かに居心地がいいよ。アミーラが作ってくれる料理は美味しいし、アミーラは素敵だと思っているよ」

「そう、じゃあ、ここでずっと暮らす？」

「いや、そういうわけにもいかないでしょう」

「どうして？」

「俺も働かないと、ずっと食わしてもらっているばっかりじゃ、いけないと思って」

「いけないことないわよ」

そういって、アミーラは近くにあったキャビネットの引き出しをあけ、銀行の貯金通帳を見せてくれた。

「何それ？」

「貯金通帳。見て」

エディは残高を見て驚いた。すぐに、イランの通貨リアルを米ドル、円やルピーに換算することはできなかったが、とにかく桁がたくさんあった。

「すごい、これ」

「そうでしょう」

アミーラは通帳を閉じて、引き出しにしまった。

「ずっと、働かなくても、一緒に暮らしていけるわ」

「ああ」

これを聞いてエディは、不思議な感覚を胸のなかに感じた。モヤモヤしているが、力強い感覚だった。一生、働く必要がないと言われると、反対に働きたくなってきた。働きたい、というよりも、何か自分らしいことを成し遂げなければならない。そうでないと、自分の人生が終わってしまうように感じられた。

「どうしたの？」

「いや、ちょっと考えてた……」

「何を？」

「ここに、ずっと留まろうか、と思ったり、いや、やっぱり俺は自分の人生を生きないといけない、と思ったり……」

「自分の人生、ってなんなの?」

「えっ、それは……よくわからないけど」

「人生なんて、わからない。なにが起こるかわからない」

アミーラは自分の人生のことを言っているのだ、とエディは気づいていた。

「そうかもしれないね。アミーラだって、まさか、一人で暮らすことになるなんて思わなかっただろうし」

「それもそうだけど……まさか、エディと出会うとも思ってなかったし。人生って、何が起こるかわからない。なるようにしかならない」

「それもよくわかるよ……俺だって、まさかこんなところまで旅してくるなんて、思ったことがなかったし」

「そうでしょう」

「でも、人生って、何か目標とか、やり遂げたいこととか、こうなりたい、みたいなものがなくても、いいのかな」

「エディ、いろいろ考えるの好きね」

そういって、アミーラはエディの手をとって、自分の胸にエディの手を当てた。ブルカの生地とその下の乳房の肌の感触がエディの手の平に伝わってきた。

「もう、寝ましょう」

アミーラが囁くように言った。

アミーラとエディは、こういう会話を頻繁に交わすようになった。

しかし、どうしても、エディはアミーラのもとに留まることはできなかった。どうしてだかわからなくても、自分の人生を生きなければならない、と思えて仕方がなかった。自分の人生はなんだかわからないけれど、今は、とにかく、それは旅を続けることだった。金にも女にも執着せず、自分にとっての感じられた正しさに従って、エディは旅立つことにした。理屈はなかった。アミーラに感謝して、そしてアミーラと出会った運命に感謝して、エディはアミーラに別れを告げた。アミーラは泣く泣く了承してくれた。

二ヵ月近くも、日本人留学生用のフラットに居候して、待ちくたびれていたモンを呼び出して、エディとモンの旅は続いた。次の目的地はアフガニスタンのカブールだった。そこまでいくと、もうほとんどインドの文化圏に接近する。そこからパキスタンのラホールを経て、旅の終着点アムリッツァルへ。

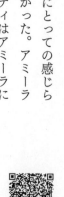

カブールでは健次という日本人と再会した。ヨーロッパにいく途中、ここカブールで彼らはすでに知り合っていた。健次は二十代の写真家で、何年もイン

（本書のメイキングを再現した特別製作映像）

ドに暮らしながら、人々の生活を写真に収めていた。彼もエディ同様、ハシーシをヒッピーに売って生活の足しにしていた。健次はカブール滞在中に二キロのハシーシを入手していた。それをゴアにもっていきヒッピーたちに売るつもりだった。

健次はエディとモンに合流して、三人でインドに向かってバスでアフガニスタンを出発した。次の通過ポイントはパキスタンのラホールだった。ラホール近くには国境があり、インド側に入れば、すぐに三人の旅の終着点アムリッツアルだった。

ラホールに近いパキスタン・インド国境には、有名な女性税関職員がいた。このあたりのハシーシのディーラーなら、誰でも知っている有名な女性だった。歳は四十を少し過ぎたくらいのこの女性には鋭い霊感あるいは超能力があった。それは、誰がハシーシをもっているのか、直感的に見分ける能力だった。ハシ

「ラホール　パキスタン」
「ラホール　インド国境」

ーシのディーラーたちは、「あの女が勤務している時間帯に国境を通ると、バッド・ラックだ」と彼女を恐れていた。彼女の直感は外れることはない。

バスいっぱいの乗客が国境でバスを降り、入国審査ブースへと向かった。エディはあたりを見回した。エディの目はブースの先にある税関の建物を偵察していた。

「健次、モン、いたいた、例の税関職員」

エディが超能力税関職員を見つけた。

「どこ?」

健次は目を細めて前をみていた。だが、健次は近視だったから先はよく見えていなかった。

「まっすぐ前。あのサリーを来た女性」

「……そうか……」健次は大きく息を吐いた。

「僕は大丈夫、自分で使う少量しかもっとらんけん」モンは安心した表情だった。

「ああ、俺もそうだ」エディも少量しかもっていなかった。

「健次、大丈夫か」

「ああ、まあ、大丈夫かどうか……まあ、ここまで来たら運命に身を任せていくしかないだろう」

「物はどこに入ってる?」とエディが聞いた。

「ボストンバッグ」

「ボストンバッグか、ヤバいな」

「ヤバい、ったって、他に入れるところないだろう。二キロだぜ!」

　そんな会話をしながら、三人はそれぞれ入国審査を通過し、入国スタンプをもらって、インドに入国した。隣の税関の建物には、申告するものをもっている人たちが入っていき、通関することになっていた。もちろん、エディたち三人は税関申告が必要なものなど何も所持していない、ということにして税関には立ち寄らずに、インド側のバス停に向かって歩き始めた。ちょうどそのときだった。

「ミスター！」

女性の声がした。声の方向を見ると、噂の女性職員だった。

「ユー！」と言って、健次を指差していた。

「ユー・カムヒア、プリーズ」と、健次だけ隣の税関の建物に来るように指示した。

さすがに噂の超能力税関職員だった。見事に健次だけを指差していた。

健次は自分一人で税関の建物に入るのは不安そうな顔をしていた。

「俺も一緒にいくよ」

「僕も」

三人は税関の建物に入っていった。

超能力税関職員は健次のバッグを指差した。

「それを、ここに置いて、開けなさい」と命令した。

健次は言われた通りに、バッグをカウンターの上に置いた。そして、バッグのチャックを開けた。税関職員は中に手を入れ、二キロのハシーシが入っている紙袋を簡単に見つけた。

「これは、インドにはもって入れませんよ。没収します。そして、あなたも麻薬を密輸している罪に問われます」

健次はどうしたらいいのかわからない顔をしていた。

エディは周りを見回した。他の入国審査官や税関職員はいなかった。それを見てエディはこう言った。

「ちょっと待ってください。ああ、わかりました。こいつは、本当はとてもいい奴なんです。このハシーシは、もう、どうぞ、結構です、没収してください。だけど、コイツを訴えることだけは……」

そう言いながら米ドルで五〇ドル札を差し出した。

「これで、まあ、なんとか」

こういったやり取りは、このへんでは常識的なことだった。

「あら、そう。ちょっと待ってなさいよ」

超能力税関職員は米ドルをエディから受け取った。そして、ドアを開けて奥の部屋に入った。おそらく、受け取った五〇ドル札を自分の財布かバッグにしまっておくために、ロッカー室にでもいったのだろう。

「今だ！」

エディが日本語で呟いた。それと同時に、健次のバッグをカウンターから抱え上げた。三人は全力疾走で税関の建物から駆け出した。通りを渡ったところにあるタクシー乗り場までダッシュした。タクシーに駆け込み、エディがヒンドゥ語で運転手に話した。

「早く出してくれ。事情があって、追われているんだ。警察が来ないところにいってくれ！」

「任せろ！」

ドライバーは張り切っていた。シーク教のドライバーだった。タクシーは火が着いたような勢いでアムリッツァルの通りを加速した。

「運転手さん、どこにいくの？」

「もちろん、シーク教の総本山、ゴールデン・テンプルだよ」

「よし、それはいい！」

シーク教の寺院には何度、お世話になったことか、とエディは心のなかで思った。

「お客さんたち、何に追われているか知らないけど、ゴールデン・テンプルには、さすがの警察も税関も入ってこないですよ」

「ありがとう。いい場所を選んでくれて」

「これって、僕たちの旅、って、そんな感じがせん？　で、インドに帰ってきたーって感じ」

まだ息を切らしながらモンが感激して話していた。

「インドに帰ってきたなぁ！」

エディも急に明るくなっている自分に気づいた。そして続けた。

「あのな、ラホールやアムリッツァルのハシーシ・ディーラーの奴らの間では、『あの超能力税関職員が没収しようとしたハシーシを取り返して逃げた日本人三人組』というのは伝説になるだろうな！」

「そうか、そうだよな、ハハハ」と健次が笑った。

「念のために、俺たちは寺院の中では別行動にしよう。万が一、日本人三人組を探しにきたらいけないから」

「さすがエディ！」モンが感心していた。

「それから明日は、朝になったら、それぞれ別行動で出発しよう」

「わかった、ジャイプールにいくよ」と健次が言った。

「エディ、僕はニュー・デリーにいく」とモンが言った。

「そうか、モン、俺たちの冒険はここで終わりだな。素晴らしい旅だったな」

「本当に素晴らしい旅だった。まあ、いろいろあったけど、でも素晴らしい旅だった！　ああ、ところで、エディ、明日はどこいく？」

「俺？　……ボンベイ」

「ボンベイ？」

「ボンベイのホテル・バイ・ミステイク、素敵なビーチサイド・ホテル！」

居場所の幻想

第四章

ボンベイのジュフー・ビーチにあるホテル・バイ・ミスティクは、エディにとってはベース・キャンプのようなところになっていた。ここでのストリート・ライフは慣れたものだった。仲間たちも、何も変わることなく、そこにいた。

でも、エディが変わったのかもしれない。ホテル・バイ・ミスティクが自分の居場所という感覚がなくなっていた。アミーラの園に長居できなかったのと同じように、定住することを許さない何かのフェルトセンス★が彼の身の内には宿っていた。何かもっと大きな仕事や、もっと自分にあった仕事はないものか、

★言葉になっていない雰囲気や意味の感覚を言う心理学用語

と日々考えるようになっていた。ニュー・デリーに移ってみようと決意したのはそのためだった。

デリーではクラウン・ホテルに滞在した。古くはムガル帝国時代に作られたこの地区は、敵の侵入を防ぐために、通りは無数の狭い路地の迷路のように造られていた。これは、何かの理由で追っ手から逃げる逃亡者にとっては、最適の街並だった。路地を挟んで、屋根から隣の建物の屋根に飛び回わって逃げることができるからだ。このあたりは、警察嫌いの人たちが多く、警察のような国家権力ではなく、自分たちのルールによって自治されていた。

ホテルの宿泊代は一ヵ月、三〇〇ルピー★ほどで滞在できた。ホテルの一階と二階は鏡工場で、一階は鏡で作った作品の展示販売場だった。三階から五階がホテルで、フロントは三階にあった。ロビーの奥には共同のトイレや洗面所があった。

★30米ドル

小さなフロントの前のロビーにはいくつかの応接セットが置いてあった。
そこに、いつも二人の東洋人が座っていた。映画に出てくるブルース・リーのような二人だった。彼らは顔もそっくりだったので、兄弟であることは明らかだった。どう見ても香港ヤクザのような顔つきで、凄みがあった。さらに、エディの嗅覚では、二人とも、ジャンキー★であることがわかっていた。眠たそうにしていて、動きが遅かった。顔には艶がなく、どこか深刻そうな雰囲気が二人から漂っていた。トロトロしているようだったが、ときどきゆっくりとした低い声で、エディが知らない言葉で話していた。
ロビーでいつも、このブルース・リー・ブラザーズと顔を合わせるので、ある日、エディは二人に英語で話しかけてみた。

「こんにちは」

「ああ、こんにちは」

★ヘロイン中毒者

若い方のブルース・リーがゆったりした調子で答えた。兄貴の方もニコッと笑った。やっぱりジャンキーだ、独特のゆったりした話し方だ、とエディは確信した。

「どこから来たんですか？」

エディはおそるおそる尋ねた。この関係の人たちに、こういう質問はタブーなのはよく知っていたが、東洋人の二人には、どこか親近感を覚えていた。

「ああ、僕たちはマレーシアから。兄弟だ。僕はアラン、兄貴はスコット」

「エディです」

「エディはどこから来た？」とスコットが聞いた。

「いや、もともとは日本。長いストーリーだけど」

「ああ、俺たちも長いストーリーだ」

「ああ。みんな、長いストーリーをもって生きていますよね」

「で、今は何をしている、聞いてもいいか？」とアランが訊いた。

エディはこう訊かれると返答に困った。もう、旅をしているという感覚ではなかったし、これといって胸を張って言える自分の職業があるわけでもなかった。実は、そのことを最近、考え込むことが多かった。

「いや、正直に答えると、自分は何をして生きていこうかと。まあ、一応、ハシーシ★を売って、とりあえず生活はしているけど」

「『自分は何をして生きる』か、それを探すのは大事なことだ」

兄貴のスコットが、ゆったりした口調で言った。

「僕たちもそれを探していた、けど今は、まあ見ての通りだよ。ハシーシはいいけど、ヘロインだけはやめておけ。人生がなくなってしまうから」と弟のアランが説明した。

そう言われると反対にエディはヘロインに興味を感じた。より強い麻薬を使っている人の方が偉いように思えてくるのは、この世界の常識だった。

「ヘロインは人生を潰してしまう、ってよく聞くけど……」

★大麻製品

「そのとおりだ」

スコットが頷きながら言った。アランもまったく同じようなタイミングで頷いていた。ブルース・リー・ブラザーズ首ふり人形みたいに見えた。

「でも、商売としては大きな商売でしょう、ヘロインは」

「もちろん。ハッシュ★とは桁が違う。それでも、この粉だけは、やめておいた方が賢明だ」

スコットがゆっくりした口調で答えた。

「ハッシュとは桁が違う……」

「ところで、自分の仕事って、どんな仕事が向いている?」

アランが話題を変えた。

「ああ、それはわからないけど、とにかく、今の自分は流されているみたいで……何か強くて、しっかりしていて、ちゃんと胸を張って『これが自分だ』と言えるようなものに出会わないかな、と思って」

★ハシーシ

「いいことがある」とスコットが提案した。

「エディ、君は日本国籍か？」

「ああ、国籍は」

「じゃあ、一度、日本に帰ってみることだ」

「日本に帰る？」

これはエディが脳裏の隅で、最近、考え始めていたことだった。はっきり言われると、妙に納得できる響きがあった。

「いや、僕たちも、何度もマレーシアに帰りたいと思ったことがある。でも、もう手遅れだ」とアランが説明した。

「だから、一度、国に帰って、そこで自分を見つめてみるといい」とスコットは賢者のような口調で話した。

「う〜ん、やっぱりそうか。俺は、実は、それは考えなくもないんだ」

このころエディは日本への帰国について、情報を集め始めていたのは事実だ。同時に、自分の手持ちの資金がいくらあるのかを数えていた。二〇〇米ドルはあった。でも、日本行きの航空券は最低でも二四〇ドルはしていた。だから、日本行きの航空券は買えなかった。少しは生活費にお金を残す必要もあったから、資金の全額を航空券に当てるわけにはいかなかった。

情報を集めているうちに、香港にいく手があることを知った。香港行きの航空券ならば一八〇ドルで買えた。香港から先は何とかなる。船でアルバイトを見つけることもできるだろう。香港、台北経由で日本に向かう船は頻繁に往来している。香港から先は、再び旅人になって冒険しながら日本に帰ればいい。

しかし、気になる情報もあった。香港は現金をもっていない外国人には入国を認めない。観光や商談のように目的がはっきりしていて、宿泊するホテルの予約もちゃんとあって、現金やトラベラーズ・チェック★をもっている者はよし。でも、それらが何もないのなら、香港は入国を認めない。エディは直感的に、

★旅行小切手

この情報は正しいと感じた。

そこで、エディはニュー・デリーの旅行代理店と相談した。旅行代理店の感じのいいお兄さんは、簡単な解決策を提示してくれた。

「ニュー・デリー発、香港行きの航空券を米ドル一八〇で購入していただけるのですか？」

「ええ、そう考えています。本当は日本までいきたいけど、お金がないし」

「で、香港から先は、実際にはどうされますか？」

「いや、香港から日本には貨物船とかが、たくさん行き来しているんですよ。だから、香港の船会社で仕事を探して、それで船で働きながら日本に行こうと思って」

「ああ、そうですか。なるほど。では、ちょっとサービスしてあげましょう」

「サービスって？」

「ニュー・デリー発香港行きの航空券は購入していただけますよね」

「ええ、そう考えています」

「そうしていただければ、次の部分である香港発東京行きは、偽造チケットを一枚付けて、それらを本物のニュー・デリー発東京行きの航空券と一緒にIATAの表紙がついた冊子に綴じてあげますよ。その部分、つまり、香港発東京行きの偽造航空券はオープンチケットにしておきますよ」

「で、よくわからないけど、俺はどうしたらいい？」

「いや、お客さんもご存知のように、香港はなかなか入国させてくれませんからね。香港で飛行機を降りて入国する際は、『実は目的地は東京なんです、香港は乗り継ぎのための一時滞在です、一泊だけです』といって、東京行きの偽造航空券を見せるので」

「ああ、なるほど」

「入国管理官には偽造だとはわかりませんよ。一泊して明日の飛行機に必ず乗

🔍📷「IATA航空券　表紙」
★当時、正規の航空券にはIATA: 国際航空運送協会の表紙がついていた
★★一年間有効で未予約の航空券

る、といっておけばいいので」

「じゃあ、どうしてオープンチケット？　翌日の予約がオーケーになっている、つまり便名が入った偽造航空券にしたらいいじゃない？」

「いやいやお客さん、それはだめですよ。便名が入っていたら、本当に予約が入っているかチェックされるじゃないですか。しかも、どうして香港で降りる必要があるのですか？　怪しまれるでしょう？　チェックされますよ」

「そうか。なるほど。じゃあ、香港で、『いつまで滞在するのか』と聞かれたら、『いやいや香港は飛行機を待つだけ。明日の便に乗ります、これから予約を入れるところです』と言ったらいいわけ？」

「まあ、そういうことで。お客さん、これはここだけの話で……」

「もちろん、もちろん。よし！　これで決まり！」


数日後、わずかな所持品をバッグひとつにまとめ、深夜の日本航空機でデリーを出発、香港行きのフライトに搭乗した。フライトは香港に午前中につき、給油して、乗務員を入れ替え、正午過ぎに香港を発ち東京へと向かう便だった。

一九七五年三月二十一日のことだった。インドでの生活が四年を迎えようとしていた。とても長いような、短いような四年間だった。この四年の間にいろいろなことが移り変わった。旅客機までもが大きくなっていた。ボーイング七四七型ジャンボ機◉は、四年前に搭乗したボーイング七〇七型機とはまったく違う乗り物だった。天井の高さがぜんぜんちがう。また、今回は日本航空だったので、機内の雑誌や新聞が日本語だった。すらすら読めるわけではないが、日本語の文字も懐かしかったし、機内誌の写真も懐かしかった。浦島太郎になった気分で七四七の座席についた。

香港ではどんな生活が待っているのだろうか。また新しい冒険が始まるに違いない。船での仕事は見つかるだろうか。貨物船であろうと、客船であろうと、漁船であろうと、シップに乗っている自分を思い描いただけで胸が熱くなった。

◉ボーイング747(日本航空)

胸のなかに感じられる興奮に触れているうちに日航機は香港啓徳★空港にアプローチしていた。

啓徳空港はどこか日本と似ていて懐かしく感じた。ごちゃごちゃしていて、人が多かった。日本人なのか、中国人なのかわからないが、とにかく極東アジア人がウヨウヨいた。ドキドキしながら、香港の入国管理のブースに入った。中国訛の英語を話す入国審査官だった。想定どおりの質問を受けた。

「どこに滞在しますか?」

「いや、まだ決めていません」

「ホテルの予約はないのですか?」

「いいえ、まだ、していません」

「お金はありますか?」

「もちろん!」

★カイタック

いくらでもあるで！　という顔をして答えた。

「見せていただけますか？」

「いや、今は、四〇米ドルしか手元にはもっていません。だけど銀行に……」

銀行にいけばいくらでもある、と言いかけたところで審査官は突っ込んできた。

「現金は四〇ドルだけですか？　トラベラーズ・チェックもないのですか？」

「ないです。あの、一泊だけして、明日は日本の東京行きのフライトに乗ります。ほら、このページが日本の東京行きの航空券です」

そう答えてＩＡＴＡの表紙がついた航空券の冊子を見せた。

「ああ、これですね」

審査官はしばらくそれを眺めた。

エディは自分の心臓がドキドキしているのがわかった。

「これね」と入国審査官が続けた。「オープンチケットですね。まだ日本行きの

フライトはブッキング★していないですね」

「ええ、それは、香港に着いたらすぐにブッキングしようと思っていました」

「ああ、そうですか。ちょっと待ってね」

審査官はまじまじとチケットを眺めて、電話機を手にとった。そして速いテンポの中国語で何やら電話で連絡した。

「まずい」とエディは独り言をもらした。

まもなく、別の入国審査官二人が、エディが立っているブースにやってきた。

「この審査官たちと一緒に行ってください」

エディは二人の審査官に引き渡された。別室で調べるという意味だろう。そして、ブースの審査官は「ネクスト！　カム　ヒア　プリーズ」と次に待っている人を手招きした。エディの後ろには、入国審査を待つ人たちの長い行列があった。

エディは二人の審査官に連れられて別室に案内された。

★予約

「日本行きの航空券を見せてくれ」若い方の審査官はそう言って、エディの航空券をもって日本航空に確認にいくために部屋を出た。

　エディともう一人の審査官はテーブルの前に座った。審査官は無言でタバコを吸い始めた。しばらく無言のままタバコをチェイン・スモーキングしていた。

　しばらくして、若い審査官が戻ってきた。二人の審査官は中国語で何かを話し合っていた。何を話しているのか全くわからなかったが、雲行きは怪しかった。年上の審査官がエディに向かって話し始めた。訛のない、綺麗な英語だったので驚いた。

「エドワードさん、香港はあなたの入国を認めません。あなたは日本国籍ですから、日本に帰ってもらいます」

「日本に帰ってもらう？　そんな……」

「そして、この東京行きのチケットは偽造航空券のようです。こっちに一緒にきてください」

「偽造航空券？　そんなことはないでしょう。デリーのちゃんとした旅行代理店で購入したんですよ！」

　そう話しているうちに、両サイドに入国審査官が付き添う格好で、エディは空港内を急ぎ足で同行させられていた。そして、辿り着いたところは、さきほど降りたばかりの日本航空のゲートだった。そこに、もう一人、別の香港の入国審査官が待っていた。その審査官はエディにボーディング・パス★を手渡した。何が起こっているのか、飲み込めないでいた。

　手渡されたボーディング・パスをよく見ると、行き先は東京羽田、座席の指定は四〇Cとちゃんと印字されていた。先ほどまで搭乗していた、デリー発香港経由東京行きのボーイング七四七だった。飛行機が香港で給油している間の出来事だった。気がついてみると、エディは香港への入国を認められず、本国に送り返されているのだった。「航空運賃はあとから、日本航空から請求がいく

★搭乗券

からな」と、若い方の入国審査官は言っていた。しかし、あとのことなんて、知ったことじゃない。パスポートに記載された神戸市の本籍地に請求しても、エディがそこにいるとは限らない。

わけがわからないうちに、エディはドア・クローズをして出発しようとしているＪＡＬ機に押し込まれた。機内でエディが四〇Ｃの座席に向かって歩き始めたころ、キャプテンはキャビン・アテンダントに「ドアモードをアームドに変更してください」とＰＡ★で指示していた。エディがシートベルトを着用したころには、もうＪＡＬ機はプッシュバックされ、誘導路に向かって動いていた。

ひょっとして、儲けもの、これ！ようやく、エディは自分に起こっている状況が飲み込めてきた。香港で船の仕事を探すという当てにならない計画は消えてしまった代わりに、だれが支払うかわからない航空券で、東京羽田行きの日航七四七型機にのっている事実があった。その代償として、船の上で仕事をする夢は潰されてしまったのだが……。心の整理がつかないうちに、ＪＡＬ機は

★Public Address: 機内アナウンス

滑走路の手前に待機して、管制塔からのテイクオフの指示を待っていた。

日本航空のボーイング七四七型機のキャビンは静かだった。エンジンが静か、という意味ではなく、乗客の声が静かだった。香港‐羽田間では日本人の乗客が増えていた。また、キャビン・アテンダントが話す日本語は、柔らかい響きで耳を触っていった。座席には、先ほどまで見ていた日本語の雑誌が入っていた。しかし、不思議と、今は日本に対して、望郷の念は消失していた。むしろ、もう一枚、また新たな「人生の新しい扉」が目の前に立ち現れたかのような気分になった。その先には何があるのかわからない。

神戸に帰りたい気持ちと帰りたくない気持ちの両方があることに気づいた。トムやシャムや神戸のクラスメートたちはどうしているのか、関心はあった。だけど、彼らは今、もう高校を卒業しようとしているはず。彼らは、何らかのかたちで社会に羽ばたいていく準備ができているはず。それに比べて、自分には何もない。今もなお、「失うものが何もない自由」を生きている風来坊のようなものだった。そんな状態では神戸の仲間たちには会えない。俺はこんなことをしている人間だ、と胸を張って言える立派な人間になってから、仲間たちに会おう。心のなかでそう決めた。

よく考えてみると、どこかで日本に帰るのが怖いのかもしれない、とも思った。だからこそ、香港で船乗りになってから帰国する、という遠回りの計画を立てていたのかもしれない。ところが、香港で背中を押されるような形で東京行きの飛行機に乗せられて、どこかで踏ん切りがついたような、まだ完全についていないような、複雑な気分が胸のなかからエディの心身を覆っているのに気づいた。

✽

神戸港、この場所にくるたびに、ほぼ自動的にオーティス・レディングの“Dock of the Bay”が魂のなかで鳴り響く。どうしても、神戸に帰ってくる必要があった。羽田から六甲の実家に電話してみた。だが、「この電話番号は現在利用されていません」という電電公社のメッセージが流れるだけだった。何か胸がグッと詰まるような思いがした。母親や妹ミラはどうしているのか、どこにいるのか、いち早く神戸に帰らなければならない気になった。

東京では、すでに帰国していた健次と連絡がとれた。アムリッツァルの寺院で別れてから、健次とはニュー・デリーで再会していた。そのとき、健次は日本に帰るといって、実家の電話番号を教えてくれていた。その番号に電話して、健次が今、吉祥寺でインド雑貨店を営み、その店に住んでいることを知った。エディは一週間ほど、健次の店を手伝って、そこに居候した。

神戸に帰るために、用賀の東名東京インターの入口付近で休憩しているトラックの窓を次から次へとノックしていた。

「すみません、神戸にいきたいんですけど、乗せてもらえませんか」

意外にも簡単だった、三台目のトラックが快諾してくれた。

「俺はさ、大阪の豊中にいくんだよ。神戸より手前の豊中。だから、大阪の吹田までなら乗っけてやるよ。吹田のパーキングエリアでさ、他のトラックに乗り換えなよ」

三十代の、いかにもプロのドライバー、といった感じの大型トラックのドライバーが快く引き受けてくれた。

吹田までのドライブは楽しかった。エディの話にドライバーは熱中していた。そして、ロナブラでの夜間行進訓練の話になったときだった。「よし！　やってみるか！」とドライバーは消灯して東名高速道路を走行した。追い越し車線に入り、前を走る乗用車に気づかれないように追いついていって、どんどん接近して、至近距離まで来ると、いきなりヘッドライトをハイ・ビームで点灯した。

前を走る乗用車は、後続車がいないはずなのに、真後ろから、しかも至近距離でハイ・ビームを突然照射され、何が何だかわからない、大慌てだった。パニックに襲われたかのように、走行車線にレーン・チェンジして前をあけてくれた。前の車から悲鳴が聞こえるようだった。エディとドライバーは大笑いだった。

夜明けとともに、吹田パーキングエリアに到着した。ドライバーにモーニングをご馳走になった。エディは素晴らしい時を一緒に過ごしたドライバーに感謝して別れた。

ところが、吹田から神戸まで乗せてくれる次のトラックを探すには、かなり時間がかかった。吹田パーキングエリアで休憩しているトラックはたくさんあったが、神戸にいくものはなかった。エディはしばらく、駐車場に座り込み、入ってくるトラックに一台一台、走り寄って声をかけた。二時間ほど、それを繰り返していると、やっとコンテナーを積んだ大型トラックが乗せてくれた。

コンテナー・トラックは名神高速道路の終点である西宮出口で阪神高速に乗り継ぎ、その終着点、神戸摩耶で一般道に降りて、摩耶埠頭でエディを降ろしてくれた。朝の十時だった。四年前、朝までグラス★を吸って「ドック・オブ・ザ・ベイ」をトランジスター・ラジオで聞いていた中突堤とは少し離れていたが、それでも中突堤の近くにある赤い神戸ポートタワーはよく見えていた。空気の匂いも、周りの音も、目に映る風景も、故郷神戸に間違いなかった。

摩耶埠頭から北の方向に歩き出し、国道四三号線を横断し、さらに北北東に方角を修正し、国道二号線、山手幹線を突き抜けて、エディは阪急六甲を目指して歩いた。徐々に目に映る風景は見慣れたものにかわり、それとともにエディの歩く足は勝手にスピードアップしていった。ずいぶん長く歩いた感覚だった。そして、遂にエディは母親と妹と三人で暮らしていた家の前に立った。

そこに長い間、立ちつくした。玄関の表札を睨んだ。そこには「ダスワニ」

★大麻

ではない、まったく違う名前が入っていた。あまり長く立っていると怪しまれそうだった。玄関チャイムを鳴らしてみた。

「は～い」

はっきりした声で、見たこともないおばさんがでてきた。

「あ、すみません。間違えました」

そのおばさんに以前にこの家に住んでいた一家のことは知らないか尋ねてみたが、なにもわからなかった。エディは家の前を立ち去った。阪急六甲駅の方向に角を曲がったところに、子どものころからお世話になっていた近所のおばさんが住んでいた。その家に駆け足で向かった。

「ごめんください。おばさん、エディです」

そう言ってエディはおばさんの家の玄関前に立った。

でてきたおばさんは、驚いた様子だった。

「まあ、あんた、エディ！　まあ、あんた……とにかく、入りなさい」

エディはおばさんの家に入った。お昼をご馳走になり、母親と妹ミラについて、おばさんから知っている限りの情報をもらった。母親とミラは引っ越して、花隈のマンションに住んでいた。そのマンションの住所と電話番号をもらった。おばさんが電話してくれたが、留守で誰も電話に出なかった。

エディは小走りに阪急六甲に向かった。ここから阪急電車にのれば、四駅で花隈だ。二十分ほどで、母親とミラが住む花隈のマンションに辿り着いた。マンションの郵便受けで名前を確認した。三階だった。三階まで階段を走ってあがった。そして、玄関ドアの前に立った。複雑な心境だった。心臓がドキドキしていた。うれしいのか、怖いのか、わからなかった。ドアベルをならすと、学校の制服を着たミラが顔をだした。エディを見た瞬間、ミラの瞳が驚きでまん丸になった。

「おにいちゃん！」

ミラが叫んだ。そしてドアを開け放って抱きついてきた。ミラは驚きと嬉しさにワンワン泣いていた。

一歩マンションの中に入ると、母親がいた。

「エディ！」そう言って、母親も泣き出した。

一家は大泣きだった。

エディは花隈のマンションには一〇日も滞在しなかった。ミラは純粋に喜んでいたが、母親との関わりには難しい面もあった。まず、母親はエディが子どもであるかのように世話をした。母親のなかでは八年生のころから時間が止まっているかのようだった。しかし、エディはもう八年生の子どもではなかった。子どものように甘やかされているようで、エディは複雑な気持ちになった。

母親のなかにも複雑な気持ちがあることが伝わってきた。母親にとってみれば、エディが手に負えなくなって、手放したことへの後悔、あるいはインドにいかせたことについて、母親自身が自分を責めているような感じが伝わってきた。そのまま連絡も取れない状況になり、四年もの間、生きているか死んでいるかもわからないでいた。そこに、いきなり倅が現れたのだった。その再会は大きな喜びだったと同時に、これまでの後悔やこれからの不安でもあった。再び手に負えないことになるのではないか、やはりそばに置けないのではないか、といった心配が湧き起こっていた。このような母親の気持ちがエディに伝わり、いっそう複雑な心境になった。

自分が生きる世界はここじゃない、そんな感じがした。でも、じゃあ、自分の居場所は、いったいどこなのか。なにがなんだかわからないけれど、胸のなかが複雑な思いでいっぱいになり、叫び出したい気分になった。神戸に帰るのは間違っていたのだ、次ここに来るときは全てを見返せる時だ、そう思ってみることにした。

✿

ある朝、エディが子どものころ「お兄ちゃん」と呼んでいた義彦のことを思い出した。義彦の母親はエディの母親と若いころからの友人だった。体格のいいイギリス人の船乗りと恋愛をして、結婚した。イギリス人の船乗りは、船を降り、日本での仕事についた。体格がいいから、建設現場などで働いていた。この二人の間に三人の子供が生まれた。その長男が義彦だ。

ところが、義彦たち三人兄弟には不幸な運命が待っていた。義彦がまだ小学生のころ、母親が病気で死亡した。その後、父親は酒に溺れるようになったあげく、彼も病死した。身寄りがなくなった三人は、結局、孤児院で育つことになった。三人はずっと、母親の友人だったエディの母親を「おばちゃん」と呼んで、親戚付き合いのような交流を続けてきた。

義彦は体格が大きく、喧嘩も強かったので、エディにとっては「兄貴」のような存在だった。エディの母親が義彦を中華料理チェーンの社長に紹介して、義彦はそこに雇われた。餃子を一〇〇個持参して、エディの家に挨拶に来たのをエディはよく覚えていた。義彦兄貴がその場で焼いてくれた餃子の味は最高だった。エディがインドに発つ前、義彦兄貴は独立して、自分の店を出したと聞いていたのを思い出した。

義彦兄貴がどこで店を出したのか、母親に訊いたらすぐにわかった。大阪の淡路だった。エディはすぐに義彦兄貴に会いに阪急電車で淡路に向かった。


義彦兄貴はもう四十代の後半だった。体格は大きく、ゴッツイ感じのハーフだった。「義彦」という名前はまるで似合わなかった。「ビッグ・ブル」と呼びたくなるような印象だった。髪の毛は薄くなっていて、人相には一層の迫力があったが、瞳は昔の義彦兄貴のままだった。目をギョッと見開き、エディの話を静かに聞き、話すときには熱烈に、大きな声で話した。

「よし！　おまえの話はわかった！　ここで働け！　まずは皿洗いからやって、それから、俺がどんどん教えていったる！　頑張って働けよ」

そう言って、義彦の店が近所で契約していたアパート「若草荘」の部屋を案内してくれた。アパートは六畳一間で、共同の洗面所とトイレは廊下の突き当たりにあった。お風呂は近くの銭湯にいくことになっていた。その若草荘の一室がエディの部屋となった。

エディはすぐに花隈のマンションを出て、このアパートに移り住んだ。そして、朝早くから義彦の中華料理店で働いた。義彦兄貴は、兄貴というよりも、厳しい親方だった。六名の従業員を弟子として、厳しく育てていた。夜は、義彦の中華料理店の二階にあるスナックでバーテンとして働くようになった。エディは働けるだけ働いた。

来る日も来る日も、エディはこの店で働いた。

しかし、それは、中華料理の職人になるためではなかった。働き出して一ヵ月もしないうちに、そのことに気がついた。将来は独立して自分の中華料理の店を出し、そのオーナーになることは、エディの夢ではないことがわかってきた。若草荘の磨りガラスの窓から入ってくる薄明るい光のなかで、エディは物思いに耽った。ここも自分の居場所じゃない、そして、これこそが俺の仕事だ、とも思えなかった。エディがほとんど休みも取らず、朝から夜遅くまで働いていた理由はひとつしかなかった。それはお金を貯めることだった。

そのお金で何をするか。エディのなかでイメージが湧いてきていた。船の乗務員になることだった。そして記憶を辿っていくと、たしかボンベイの港に日本の遠洋漁業の船が入港してきていた。日本の漁船の船乗りたちをコラバの赤線地区に案内したり、いっしょに食事をしたりしたことを思い出した。

「おまえなんか、英語しゃべれるし、どこかで役に立つぞ」と、ある船員に言われた。この一言がずっとエディのなかに残っていた。

「マグロ船に乗っている俺たちは、長い間、航海にでるけど、港に帰ってきたときには二〇〇万円、三〇〇万円のお金がもらえるぞ」と、ある船員が言っていた。多少オーバーに言ったのかもしれないが、エディには衝撃だった。

「三〇〇万円！　インドならホテルがひとつ買収できますよ！」

そんな会話をしていたことを思い出した。

マグロ漁船に乗ることを考えると、じっとしていられなくなった。ボンベイで出会った船員たちは、静岡から来ていた。何という港だったか、記憶がはっきりしなかった。静岡の清水港？　違う、確かヤ・エ・ス、じゃない、ヤ・エ・ズ、ちがう、あ、わかった！　思い出した！　ヤ・イ・ヅ、焼津港だ！

やはり日本は自分の居場所じゃない。熱く感じるものがない。熱く感じるものや気楽な自由さがない国だ、そう思えてきた。いや、そもそも、自分の居場所は陸の上じゃないのかもしれない。そう思うと、胸のなかのモヤモヤがシフト★していくのが感じられた。

早くお金を貯めて、静岡の焼津港にいこう！

エディは四日間、休みをもらった。これまで二ヵ月間ほとんど休みなく中華料理店で働いた賃金と自分のわずかな所持品を、すべてまとめて静岡の焼津港にいき、遠洋漁業の会社を訪問した。すぐに雇ってもらうつもりだった。だから、若草荘の部屋には何も残してこなかった。

遠洋漁業の会社の人事担当者にこれまでの経緯を話した。ボンベイに住んでいたこと、そこでキハダ・マグロの遠洋漁業のために寄港していた大型船の船員を通して、焼津港のことを知ったこと、子供の頃から船の上で生活することに憧れていたこと、インドで海軍士官候補生の訓練を受けたこと、などすべて

★「シフト」あるいは「フェルトシフト」は具体的に感じられている気分などが、ある認識や閃きとともにすっきりすることを表す心理学用語。

を話してアピールした。

しかし、人事担当者はエディの予想以上に堅苦しい人だった。彼は漁師でも、船乗りでもなかった。要するに「海の男」ではなかった。「デスクワークの担当者」「お役人」という感じの人だった。エディには関心は示したが、この時点ではエディは未成年だった。未成年者を遠洋漁業の船に雇い入れるためには、親の承諾書が必要だ。この一点の主張を繰り返した。どうしてもこれが必要だった。

エディはすぐに神戸花隈の母親のマンションにとってかえした。水産会社からもらってきた承諾書を母親に見せて、それに署名、押印してもらうつもりだった。

しかし、予想に反して、母親の答えは「ノー」だった。エディがどんなに懇願しても、怒っても、すねても、「ノー」の回答は動かなかった。その理由はなんなのか、エディにもよく理解できなかった。

推測では、こういうことだろう。海の上は安全じゃない。義彦のように、まじめに陸の上で働いて、それから徐々に芽が出てくれればいい。今は義彦の店で働いて、ここで落ち着いてくれれば安心だ。そう願っているに違いなかった。母親がどうしても承諾書を書いてくれなかったから、エディの海の上の居場所も幻想と果ててしまった。納得のいかないまま、結局は四日間のお休みの後、若草荘にもどって、義彦兄貴の中華料理店で働いた。

✿

エディの心身はどん底、奈落の底にまで落ちてしまったかのようだった。結局、シンドバッドにも、船乗りにもなれなかった。自分の居場所は日本にはなかった。母親がいる神戸が自分の再出発の拠り所ではなかった。それじゃ、どうして日本にいるの？　自分は何者なの？

若草荘で布団に入って、真上につり下げられている照明器具の蛍光灯が二重の輪投げの輪のように見えてきた。蛍光灯は消えていたが、輪の中のグロー球が怪しい、黄色い光を放っていた。それを見ながら、エディはファンタジーの世界に入っていった。そして、それは、最初はファンタジーなのに、イメージが自律的に動きだし、徐々に入眠時幻覚か予知夢のようになっていった。

そのなかで、エディはニュー・デリーにいた。カフェでハシーシをヒッピーに売っていた。バックグラウンドには、ステッペンウルフの曲「ザ・プッシャー」のエレキ・ギターがヘビー・メタルの泣き声を上げていた。

インドで生活していたときの、のびのびとしたからだの感覚があった。自由があった。貧しくても主体的に生きている感覚があった。でも、これまでとは少し違った新しいフェルトセンスもあった。それは、ハシーシで儲けたお金で旅をしよう、世界を見よう、といった伸びやかな好奇心ではなかった。もっと固い、ズシンと重たいものが感じられた。

イメージでは、エディは「プロ」として取引をしていた。冷静だった。取引はハシーシだけじゃなかった。タイかどこかで仕入れたヘロインを売って、ビッグな商売をする。そんなファンタジーをしていると、「これこそが、俺の居場所だ！」と夢か現実かわからない思いが想起されてきた。

毎晩のように、エディはこんな夢を見ながら眠りについた。しかし、実は、これこそが、エディの四ヵ月後の姿だった。

（本書のメイキングを再現した特別製作映像）

デッドエンドの向こう側

第五章

オールド・デリー🔍のクラウン・ホテルのロビーには、いつものようにブルース・リー兄弟が座っていた。

「エディ、お里はどうだった？」とアランが聞いた。

「ああ、まあまあ、だな」

「そうか、やっぱりか。僕たちも国に帰ってやり直そうとは思っていたけど、そう簡単にはいかないようだ」

スコットがそう話した瞬間、兄弟はブルース・リー首振り人形のようにゆっくりと縦に頷いた。

🔍📷「オールドデリー」

「そう簡単じゃないな。料理屋で昼も夜も働いて、お金をためたけど、そのお金でまたインドに来てしまったよ」

「そうか」と兄弟は口をそろえて言った。

「ところで、アラン、パウダー★入りのジョイント★★はもっている？」

「ああ、もちろん。欲しいのか？」

「エディ、それだけはやめておけ」とスコットが遮った。

「そうだ、エディ。パウダーはキラー★★★だ。やめておけ」

「ああ、わかったよ」

　エディはしぶしぶ兄弟からヘロインを分けてもらうのは諦めた。ヘロインを売ってくれる人は、他にいくらでも知っていた。

「一度でもやってしまうと、癖になって、人生、滅びてしまうぞ」

　スコットがゆっくり話した。ジャンキー★★★★独特の話し方だった。スコットは話し終わって、目をつぶった。一瞬、眠ったのかもしれない。これもジャンキー

★ヘロインの白い粉
★★紙巻き
★★★殺し屋
★★★★ヘロイン中毒者

独特の仕草だ。

「アラン、ヘロインはいい商売になるんだろう？」

エディはアランに真剣に尋ねた。再びインドにやってきたエディは、旅人としてやってきたのではなかった。プロとして仕事をして、お金を儲けて、ドラッグ・ビジネスで成功を収めたかった。そして、その前に、自分自身で試してみるつもりだった。ハシーシ★の産地が煙の香りで嗅ぎ分けられるのと同じように、ヘロインについても熟知しておきたかった。

「もちろん良質のヘロインは、それは、それは、高値で取引される」とアランが答えてくれた。

「ヘロインの場合、産地がどこかというよりも、どこで、どうやって生成されているのか、これがポイントだろう？」

★大麻製品

大麻やハシーシとは違って、ヘロインは自然に生えている葉っぱではなく、加工されている。★もちろん、どこで育ったアヘンか、ということも多少は質に関係するだろう。そのあたり、アランに探りを入れてみたかった。

「そうだな。でも、産地と言えば、今ホットな話題はラオスだ」

「ラオス?」

「いいものがあるよ、ラオスには」

「ラオス?」

エディの頭の中が回転していた。ベトナム戦争が終わったばかりだった。ラオスは国が破綻していると聞いた覚えがあった。

「いま、ラオスはどうなってるの?」

「経済が破綻している。米ドルは正規の交換レートの二百倍で取引されている」

「え、二百倍?!」エディはしばらく考えて続けた。**「つまり、一ドルが正式にはある金額の現地通貨になる。でも、闇市ではその二〇〇倍の現地通貨になる、**

★アヘンを濃縮するとコデインができる。それをさらに濃縮したらモルヒネ。そして、モルヒネをさらに濃縮するとヘロイン。

そういうこと？」

「その通りだ」

いつの間にか目を覚ましていたスコットがアランと二人そろって、ブルース・リー首振り人形のように首をゆっくり縦に振った。

「つまり、正規の通貨両替の金額で、何ドルかで一〇〇グラムのヘロインが買えたとしたら、闇市で両替すれば、同じドルで二〇キロ買えると、そういうこと？」

エディは歴史が恵んでくれているビジネスチャンスが目の前に広がるのを感じた。

「そうだ」

目を覚ましたスコットがゆっくりした口調で話した。

「だけど、ラオスの通貨をラオス国外にもって出てみろ、紙屑同然だ」

「なるほど、話はわかった。つまり、ラオス国内で、資金をブツに換えて出て来ないと、現金をもって出てきても紙屑なんだ。……で、アランとスコットはラオスにはいかないの？」

「いかないね……体力がないよ」

スコットがそう言うと、アランが補足した。

「ラオスに入る橋は閉鎖されている。国交がないんだ。だから、ラオスに入るならタイからメコン川を渡って潜入しないといけない。それにラオスの兵士たちが川沿いをパトロールしている。命がけだ」

「命がけ……」

川からボートでの夜間侵入を想像してみた。ワクワクする感じがエディのなかで響きわたった。NCCの訓練を思い出した。そして、今の自分には、失うものも、居場所もなかった。血が騒ぎ出している自分に気づいた。「命がけか、よし！　やってみるか！」

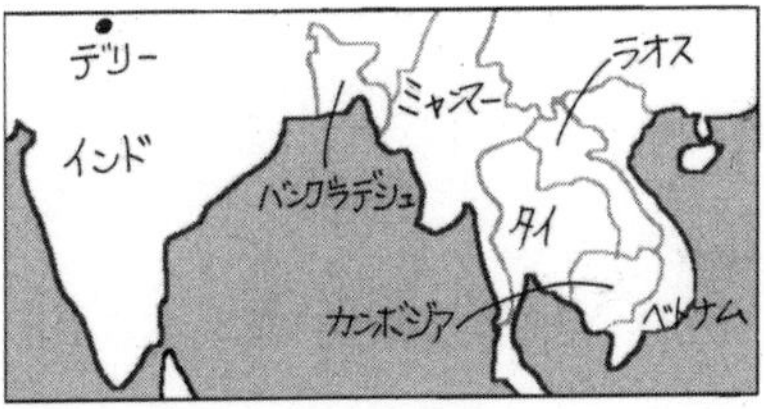

それから数週間にわたって、ラオスの情報を集めた。ラオスのどこでヘロインが買えるのか、どこがディーラーたちのたまり場なのか、どこから、どうやって潜入しているのか、など周到に情報を収集した。

また、このころからエディは、パウダーをタバコや大麻のジョイントに混ぜて使用するようになった。ヘロインは強烈だった。吸っていると、途端に幸せな気分になった。人生の苦労も苦難も、不安も不満も、鬱積した暗いモヤモヤも、一瞬にして消え去った。そして恍惚とした幸せな気分に包まれた。気持ちがいいウトウトした気分になった。

そして気がついてみると、ほとんど毎日、パウダー入りのジョイントを吸うようになっていた。もうすでに、エディはヘロイン中毒になってしまっていた。

深い朝靄がたちこめる夜明け前の川。一寸先も見えない霧。ボートは静かに進む。姿の見えぬ鳥たちの不気味な泣き声が頭蓋骨のなかまで響く。タイ・ラオス国境の川。不気味な鳥たちの鳴き声が静まると、ボートに当たる水の微かな音が不吉な静寂さのなかに聴こえる。オールが水面を掻く。

ラオス側に近づくまでは、ボートはエンジンで動いていた。中古車を解体して取り出してきた自動車のエンジンを三脚に載せ、エンジン・シャフトがそのまま三メートルほど伸びて、船の後方の水中にまで伸ばしてあった。その先にスクリューが取り付けられていた。進路を変えるには、エンジンごと向きを変えた。マウントされている三脚にはピヴォットジョイントが付いていたから、簡単に舵がとれた。

ボートはラオス側の川岸に近づくと、エンジンを停止し、オールで静かに進んだ。そして、川岸の手前で静止した。ボート漕ぎたちは発覚を恐れ、川岸の手前でボートを止めるのだ。腕を川に突っ込むと、川底が触れる。水深は浅いことが確認できる。

「ここからは浅い、歩いて、まっすぐ、まっすぐいけ！」

ボート漕ぎの指示は身振り手振りで伝わる。水の中を歩き、ラオスの岸に着いた。後ろを振り返ってみると、もうボートは朝靄の中、視界から消え去っていた。

草木が覆い茂る深い靄のなか、「まっすぐいけ」と言われても、どっちへ「まっすぐ」なのか、方向感覚がまったくない。しばらくしゃがんで朝靄が晴れるのを待つことにした。

それは突然の出来事だった。急に明るくなり、靄が晴れ、視界が広がった。そして周りを見渡してみた瞬間、エディは卒倒しそうになった。ラオス兵士に取り囲まれていた。銃剣をもった十代の若い兵士たちだった。彼らは犬を連れていた。犬は吠えもせずに、静かに、嗅覚で彼らを誘導してきたのだった。

彼らは銃剣の先でエディを押して森の中の切り開かれた空間に導いた。そこでエディをひざまずかせ、銃剣で首をはねるのだ、と動作で伝えた。エディは命乞いをするほかになかった。

「これで何とか、命だけは！　助けてくれ！」

ジーンズの中に隠していた五〇米ドル紙幣を手渡して英語で必死に懇願した。

「ハハハ……」

兵士たちは五〇ドルを受け取り、笑うだけだった。

エディを地面に座らせ、エディの肩より長い髪の毛を一人の兵士が握ってたばねた。もう一人が銃剣をエディの後頭部の下、首にめがけて振り下ろしてきた。

「あ！」とエディが叫んだと同時に、重たい銃剣が首に当たった。次の一瞬で、今度は銃剣が跳ね上がった。首にドンと当たった銃剣が、あたかもバウンドしたかのように、今度は空へ向かって跳ね上がるのがわかった。

　エディは失禁した。

　死んだのかと思った。小便をジーンズの中でもらしているエディを見て、兵士たちは大声で笑った。生きている。その笑い声が聞こえる、ということは、死んでいないことがわかった。首もちゃんと付いていた。エディも震えながら笑いだした。

　銃剣の刃とは反対側の背の方をエディの首に当て、上向きになっている刃の部分でエディの髪の毛をはね落としたのだった。長髪の髪の毛はあたりに散らばっていた。兵士たちは笑って去った。


ヴィエンチャン市★に着くとまず街道沿いの露天の散髪屋にいった。へんなお

★ラオスの首都

かっぱ頭になっていたのはたまらなかった。床屋の壁にエルヴィス・プレスリーのポスターがあった。そのポスターを指差すと、床屋のオヤジは「任せなさい！」と言わんばかりに、はりきってカットしてくれた。

ヴィエンチャンのホテル・フィッシュがコネクション★だった。フランス人が経営しているこのホテルはフランス料理が美味いことで有名だが、ここにディーラーたちが出入りする。ディーラーたちの情報を頼って、エディはヘロインを四キロ手に入れた。ヴィエンチャン市内なら一キロ二〇〇〇ドルもするヘロインは、ちょっと田舎にいけば、その一〇分の一だった。エディのラオス潜入作戦は無事に成功したかに思えた。

しかし、タイへの復路、今度はタイの国境警備兵に捕まった。タイ・ラオス国境は閉鎖されているから、ラオスに進入したのと同じ方法を使って、ボートでタイに戻った。タイの川岸に到着して、川岸に上がってきたところを発見さ

★密売者たちの接点

れたのだった。

銃をもったタイ兵士がタイ語で何かを叫びながら走りよってきた。エディは両手を上げた。彼らに抵抗したり、逃げたりしないことを表明した。そうしなければ、その場で撃たれそうな気配だった。

入国管理事務所のようなところに連行された。そこで、制服姿の係官がいきなりエディの額に銃口を突きつけた。半端じゃない勢いで銃口が額に当たって痛かった。係官は冷血な調子の訛った英語で言った。

"Give me all your money. If it suits my budget, you go. If not, I pull the trigger.★"

「ああ、わかりました。わかりました。これで何とか」

エディは財布から五〇ドル紙幣を取り出した。

係官は笑みを浮かべて、銃を「カッチ」と鳴らした。エディは凍りついた。

財布にもっと入っているのが見られていた。

「ああ、わかりました、わかりました! 全部どうぞ!」

★「金を全部よこせ。俺の予算に叶う金額なら、行ってもいいぞ。そうでなければ、引き金を引くまでだ」

結局、財布の中の現金二〇〇ドルはすべてもっていかれた。

解放されたエディは「ひどいところだ、何でも金かよ！」と日本語でぼやきながら、バンコク市内に辿り着いた。ファランポン駅の近くのラマ通りに面した中華料理屋の二階の安いホテルに滞在した。店の裏に大きな階段があり、そこから二階のホテル客室に上がった。曲者旅行者の巣だった。

女を買った。白人相手に商売をしている娼婦だった。でも、その女になつかれてしまった結果、このホテルの一室でしばらく一緒に過ごすことになった。

天井には大きな扇風機がついていた。空気は暑く、湿気で重かった。彼女とセックスをしたあと、荒っぽい呼吸を重ね合わせて、二人は裸でベッドの上で寝転んでいた。全身から噴き出してくる汗を沈めるために、ベッドの彼女側についていた天井の扇風機のスイッチを「強」にして運転した。扇風機は、ヴォン、ヴォン、ヴォンと音を立てて回りだした。しばらくすると汗は少しおさまってきた。タイ・スティック★の出番だった。それをジョイントに巻いて火をつける間、扇風機を「弱」にするように彼女に言った。二人はジョイントを交互に吸った。

建物の外の通りの音が、扇風機のヴォン、ヴォン、ヴォンの音と混りあった。穏やかな昼下がりだった。彼女のからだは汗で濡れていた。突然、天井の扇風機の音が力強くなった。「ヴォン！　ヴォン！　ヴォン！」とものすごい勢いで回っているようだった。ヘリコプターのローターみたいだった。そう思った瞬間、ベトナム戦争で墜落したヘリのローターが外れ、飛んできたヘリコプターのローターによって身体を切断されてしまった米兵の無残な遺体の写真を思い出した。恐怖感がエディの身体を走った。

「扇風機を止めてくれ！」とエディが彼女に言って彼女の肩に触れた。ベッド

★大麻にヘロインを混ぜたもの

の彼女側にあるスイッチに手を伸ばそうとして、彼女は身体を回転させた。シーツが彼女の身体から剥がれ、彼女の裸の背中、腰から尻に流れる柔らかいカーブが目に入った。エディは彼女の身体に触った。すると、あろうことか、彼女の身体はゼリーでできていた。すっと手を押し込むと、ゼリーの中を手が貫通していくのがわかった。

このタイ・スティックは強力だった。しばらくすると、ハイ状態もおさまってきた。二人は夕方までずっとシャワーの中で抱き合った。階下の中華料理屋から食べ物とお茶を出前した。こうやって午後を過ごしたあと、夜になると、彼女は出勤していった。

暗くなると、ジャンキーや酔っ払いなど、騒がしい連中が通りに出てくる。邪悪なノリで夜が踊りだすころ、あるイギリス人の女がエディの部屋を訪ねてきた。綺麗な女だとエディは思った。彼女は無一文のジャンキー、娼婦だった。

ヘロインを混ぜたタイ・スティックを二人で吸った。エディはその子の裸を想像しながら吸っていた。でも、どこかで警戒心はもち続けていた。部屋のドアを少し開けておくことにした。

そして、それは幸運なことだった。

しばらくすると、タイ人のチンピラたちが四、五人で女を探しにやって来た。女を親分のところに連れていくと言っていた。女は同意して部屋を出たものの、部屋の外で**「いきたくない」**と叫びだした。タイ人のチンピラの一人が女の腕を掴んで引っ張ろうとした。これに抵抗した女が声を荒げた。

タイ語と英語で口論になっている様子だった。いろいろな部屋のドアが開いて、野次馬が身を乗り出して見物していた。もはやエンターテインメントだった。フランス人の元ボクサーが出て来て、エディの方に向かって歩いてきた。

「おい、何事だ？」

「ああ、何でもないよ。女がいくとか、いかないとかで、ゴタゴタしているだ

け、bon soir」★

「よし、そうか」ボクサーは、今度はタイ人のチンピラに向かって叫び出した。

「おい！　女はいかねぇ、って叫んでるんだろう！　手を離せ！」彼はボクシングの構えで威嚇した。

タイのチンピラたちもなれたものだった。ニタニタして、何かタイ語で言ったかと思うと、一人がボクシングの構えをして、すぐにも殴り合いになりそうな空気だった。ボクシングの構えをしたチンピラと向き合い、そのチンピラに気をとられていた瞬間、稲妻の速さで、もう一人が横から、フランス人ボクサーの顎に強烈なキックを一発決めた。

本物のキックボクシングだ。ボクサーは一瞬、気を失ったかのように後ろに倒れ、今度は後頭部を壁にぶつけて、床に倒れこんだ。目は開けていたが、焦点が合わず、脳震盪を起こしているようだった。

どこからともなく、五、六歳のタイ人の男の子が走り寄ってきて、レフリー

★「素敵な夜を」（フランス語）

の真似をして、英語で「ワン、ツー、スリー、フォー」と数え上げ、テンまで数えて叫んだ。

「ノックアウト！　ムエ・タイ！」★

★「タイ万歳」？

知恵は何層もの心の嘘を見破っていく

デリーに戻ってきたエディはヘロインを売り、ドラッグ・ビジネスとしては幾何かの成功を収めたかのように見えた。しかし、エディ自身はもう立派なジャンキーになってしまっていた。一度でもヘロインに手を出すと、墜ちていくのは早い。墜落は止められない。

現実か夢か幻覚か、デリーの道を歩いているときに、突然、真上から轟音がしているのに気がついた。上を見上げると、シルバー色の大きな楕円形の飛行物体がエディの頭上を飛行していた。それに気がついた次の瞬間、飛行物体からエディをめがけて放射された磁気か何かで、エディの身体は空中に吸い上げられ、エディは空中を歩いていた。首は飛行物体を見上げたまま、目は見開き、手足はぶらぶらさせた状態でエディは通りの上を宙に浮いたまま円盤とともに移動していた。チラッと下の通りに目をやると、通りを歩くインド人たちが驚いた表情でエディを見上げていた。

ヘロインや各種ドラッグでわけがわからない毎日だった。

ヘロインはジョイントで吸うと効率がわるいので、注射器を使うようになった。蒸留水にパウダーをまぜて、沸騰させ、それを注射器に入れて血管に刺す。左腕には注射器で刺した傷が手術後の傷みたいな形を残していた。ビートルズの曲にある"happiness is a warm gun"★が実感できるようになった。暖かい液体がgun★★から体内に入ってくるのがわかる。そのとたん、魔法のように幸せな気分になる。

★「幸は暖かいガン」
★★鉄砲・注射器

ヘロイン中毒になると、ヘロインに他のドラッグを混ぜるようにもなっていく。そして、わけがわからない意識状態のなかを生きるようになる。「スピードボール」と呼ばれるコカインとヘロインのカクテルを使うと、コカインで元気がでて、それでいて、ヘロインの影響で、何が起こっても動じない安定感が得られた。注射器でスピードボールを射って、さらにそのうえに、ハシーシを吸うと、角が取れたような、まろやかな、そして元気がある安定感が得られた。もう、ほとんど正気ではなかった。

ラオス産の良質のヘロインを売りさばいた後は、ヴァラナシー★にある闇ヘロイン精製工場から仕入れるようになった。そこでは白い粉は造れず、「ブラウン・シュガー」と呼ばれる粗削りのヘロインが造られていた。エディはこのブラウン・シュガーを売り歩いた。街でヘロインを売るのも、自分が消費するヘロインを購入する資金のためだった。完全にヘロインに縛られ、ヘロインによ

★ガンジス河畔にあるヒンドゥ教の聖地

って行動を強制されていた。もう、モラルもなにもあったものじゃなかった。自由意志などはなくなり、ヘロインに人生が支配されてしまった。朦朧とした意識のなかでも、自分が人間の屑になっていく恐怖感は常にあった。

ブラウン・シュガーを売った人物の一人がジュリアーノだった。イタリア人の、本物のマフィアあがりのジャンキーだった。ニュー・デリーの立派なフラットに住み、イスラム教徒の運転手を雇っていた。本物のマフィア組織の一員だったから、体格もよく、すごみがあり、マッチョで迫力満点の兄貴だった。女遊びも派手だった。だけど、本気で彼が恋していたアメリカ人のセラという女だけには弱かった。ジュリアーノはいつもセラのために品物を買い与え、セラに気に入られるように振る舞っていたが、なぜか彼はセラとはセックスができなかった。

ジュリアーノとエディは打ち解けて話すようになり、お互いを支え合うようになった。ある日、ジュリアーノは商売の話をエディにもちかけてきた。

「おいエディ、実は俺はこんな商売をやってるんだ」

「商売？　どんな商売？」

「トラベラーズ・チェックだよ」

「どうするの、トラベラーズ・チェック？」

「買うんだよ、旅行者から。いいか、一〇〇〇ドルの小切手だったら、そうだな、二五〇ドルで」

「二五〇ドルで？」

　エディは信じられなかった。一〇〇〇ドルの小切手を二五〇ドルで売る馬鹿な奴などいるはずがない。

「そうだ。二五〇ドルだ。売った旅行者本人は、警察にいってトラベラーズ・

「旅行小切手」

チェックが盗まれたとか紛失した、と届け出るんだ。そうすると、トラベラーズ・チェックを発行した会社はすぐに再発行してくれる。なんの損もない。すぐに一〇〇〇ドルの小切手が戻って来る。だから、二五〇ドルは丸儲け、彼らは」

「本当に売ってくれるのか、ツーリストは?」

「もちろん。日本人はだめだぜ。彼らにちょっとでも、そんな話をもちかけたら警戒する。だが、アメリカ人、イギリス人、フランス人、ヨーロッパ人、彼らは売るね。ジャンキーなんかイチコロだ。金になるなら何でもする」

なるほど確かに、ジャンキーなら金のために何でもする。

「で、買った一〇〇〇ドルの小切手をどうする?」

「そうだ、そこからがこっちの金儲けだ。パスポートを偽造するんだ。イギリスとフランスのパスポートは特に偽造しやすい。これも同じこと。ジャンキーならすぐにパスポートを売ってくれる、五〇ドル、一〇〇ドルで。これを印刷屋にもっていって、縫い目を外して、名前、写真、サインをかえる。ビザのスタンプがない、白紙のページが何枚残っているかが大事なんだ。ページ番号を消して、その白紙のページに名前、写真、サインのデータを印刷する。それからページ番号を改めて印刷して、製本する。わかるだろう、トラベラーズ・チェックを売ってくれた人の名前と署名にして作りなおすんだ。で、写真は、俺の手下で働いてくれている奴らの写真に入れ替える。白人だったら誰でもイギリス人かフランス人に見えるだろう」

「そうか！　わかった！　その白人の手下の奴らがパスポートと小切手をもって銀行にいく。そして、小切手を現金化する。身分証明書の提示を求められたら、偽造パスポートを出す。そして、小切手を売った旅行者のサインを真似してサインをしたら、それで一〇〇〇ドル全部現金になる」

「そういうことだ。あと、手下の奴らに二割ほど払ってやる。どうだ！」

「わかった！」

これがジュリアーノとエディの商売のはじまりだった。商売は大ヒットだった。ヒンドゥ語が話せるエディがこの商売に加わったことで、偽造パスポートを作る印刷屋とのコミュニケーションが円滑になった結果、偽造パスポートの品質が向上した。

またエディは、タクシー運転手や闇市で両替をしている人たちも商売に誘い込むことができた。金に困った様子の観光客やジャンキーがタクシーにのってくることがよくある。そういうとき、たとえば、こんなやりとりになる。

「レッド・フォートにいってくれ。で、運転手さん、その途中で両替をしたいんだ。銀行よりもいいレートで両替している闇市とか、運転手さん、知らないかい？」

「両替の闇市か。ああ、知ってるよ。そこに先にいくんだな」

ドライバーはそう答える。続けて、トラベラーズ・チェックの話をもちかける。

「お客さん、闇市で両替するのもいいが、トラベラーズ・チェックはもってないのかい？」

「トラベラーズ・チェック？　ああ、あることはあるよ」

「アメリカンとかクックとか、大手の会社が発行したものか」

「そうだよ、もちろん」

「お客さん、それも売れるんだよ。知らなかった？」

「え？　トラベラーズ・チェックを売る？」

「買ってあげようか?」

「ちょっと待ってくれ。どういうことなんだ。どういう仕組なんだ。今、五〇〇ドルの小切手をもっている。それを運転手さん、あんたが買うのか?」

「そうだ、五〇〇ドルなら、そうだな、一〇〇ドルでどうだ」

「ちょっと待ってくれよ、運転手さん、冗談やめてくれよ。どうして、五〇〇ドルの小切手をあんたに一〇〇ドルで売らなきゃいけないんだよ」

「お客さん、トラベラーズ・チェックは紛失した場合、あるいは盗難にあった場合、どうなるか知ってるだろう? 再発行だよ、すぐに」

「え! 小切手をあんたに一〇〇ドルで売って、それから『紛失した』と届けでる?」

「そう、警察署に。レッド・フォートにいく前に寄っていきましょうか?」

「……」

「まあ、明日の朝には再発行された小切手が届けられてくる、ホテルにね。お

客さん、トラベラーズ・チェックの番号とか、控えてる？」

「ああ、もちろん、トラベラーズ・チェックを買ったときの記録の冊子がホテルにあるよ。運転手さん、本当に問題ないのか？」

「お客さん、Welcome to India!　インドではトラベラーズ・チェックがなくなるなんて、毎日のことですよ」

タクシー・ドライバーは買った小切手をドライバーの頭に届ける。頭が皆の分をまとめてエディのところにアタッシュ・ケースにびっしり詰めてもってくる。そういう仕組が出来上がった。アタッシュ・ケース一個、二個では入りきれないこともあった。何万ドルもの取引だ。しかも、米ドル、あるいはイギリス・ポンド建ての小切手だ。貨幣価値が違うインドでは、びっくりするような大金だ。

あまりにも商売が大きくなり、エディとジュリアーノは別々に行動することにした。ジュリアーノはニュー・デリーに残り、エディは第二の古里ボンベイに移り住んだ。エディはオースチンの車を購入し、そして、ジュフー・ビーチにバンガローを購入した。コロニアル風の二階建ての家も、使用人も、車もある生活だった。裕福な暮らしだった。

小切手の両替は、住んでいる街でするのは危険だった。銀行で顔を覚えられるからだ。いつも観光地などに出かけていって、手下のものが両替をした。

実際に両替をする部隊は、オーストラリア人のピーター、ユーゴスラビア人のカラという女性、それにカラの女友達ドゥラギッェ。全員ジャンキーだった。フランスのパスポートをもっていくときはユーゴスラビア人にいかせた。英語が訛っていても、フランス訛だと銀行員は思ってしまう。イギリスのパスポートを使うときは、オーストラリア人だった。オーストラリア訛と英国訛の違いなど、銀行員にはわからない。

さらに慎重に、偽造パスポートを使った両替は三ヵ月に一度くらいのペースでおこなった。メンバーは空港で集合し、どこかの街に飛行機で移動し、その街で現金化するのだった。ビジネススーツを着て、いかにもビジネスマンのような顔をして、それぞれ指定された銀行にいって両替をする。銀行には盗難パスポートや盗難小切手の番号が照合できる冊子が毎月一回送られてきていた。しかし、それは電話帳のような膨大な資料で、冊子は発行されているものの、店頭では使われていないのが実態だった。

両替プロジェクトの日がくるまでは、パスポート偽造やトラベラーズ・チェック買い付けなどの仕込みの期間があった。それは、さほど忙しいわけではなかった。それなのに、お金だけは、いくらでもあった。リッチだった。

夜も深け、ボンベイの街も寝静まったころ、エディとカラはバンガローの二階のバルコニーからマラバー・コーストの海岸を眺めていた。二人はスピードボールの幸せな感覚に恍惚としていた。

このカラという、体格の大きなユーゴスラビア女性とは、不思議な異性関係だった。女房役というのだろうか、それともボディーガードと表現した方がいいのだろうか。二人には恋愛感情や肉体関係はなかった。それには、それぞれ別の相手がいた。それでいて、二人はお互いを最も信頼していて、心を打ち明け、寄り添っていた。

「晴れてるね、珍しく」

カラは夜のビーチの美しさに見とれていたのだろう。

「うん」

「明日はどうかな。大雨で飛行機が飛ばないかもね」

「ああ、雨らしいよ。予報は雨、ときどき曇り、ときどき晴れ、雷も力いっぱい！　要するに雪以外のすべて」

「そうね、でも雨がふったら、ドカッと来るからね」

「そう。モンスーンの雨は滝。一昨日だったかな、一時間くらい滝みたいに降ったら、前の通りは川になったよな。いろんな物が流されていた……」

「雨が降ったら、車が動くか、空港でみんな集合できるか、あたしは心配」

「本当だな」

「明日からは気をつけていかないとね、アーメダバード……」

「いよいよキャッシングの旅か。アーメダバード、アムリッツァル……それと、どこだっけ？」

「スリナガール。★ エディ、あんた大丈夫？」

「カラはしっかりしているな」

「あたしが全員分、別々にちゃんとホテルと飛行機を予約できたかどうか、チェックしてるからね。『どこだっけ』みたいに、とぼけたところはないのよ、あたしは」

「俺、最近ボーとしている、というか、なんか、へんだからな。昨日もキショールが『ジャップ・バイ大丈夫かい』と言ってたよ。見ていて危なっかしい？」

「リーダーのエディがフラフラしてたら、誰もついて来やしないよ」

「そうだな」

「今回も、いつキャッシングにいくのか、みんなしびれを切らしてたわよ。でも、エディ、最近のあんたは、スピードボールに、エルヴィス・プレスリー、BBキングにジミー・ヘンドリックス、ビールに葉っぱに女だ。これじゃ、フラフラしていると思われても仕方がないよ」

★日本語では「シュリーナガル」とも表記

「そうだな」

「ただのナシャ・ワラ★になっていくよ」

「でもな、ときどき、フッと一瞬、意識がクリアーになるときがある。ドラッグのフィルターが取れたような一瞬。そのとき、自分のなかでEddy, your life is leading to a dead end★★という声が聞こえるような気がする。自分に対するプライドや誇りがなくなってしまったからな。今はただの、薬に操られた人間の屑。薬欲しさに、なんでもする。人をだまし、盗みもするような屑。この先、いき着くところは、もう見えているような気がしてな」

「エディ、ずいぶん弱気になったのね」

「ときどき、ふっとそう思うだけ。出口がないデッドエンドに向かっているような気がしてね」

「……　……」

★酔っぱらい、薬物でラリっている人

★★「エディ、君の人生はデッドエンド（行き止まり）に向かっている」

カラは悲しそうな顔をして何も言わなかった。おそらく、彼女も同じことを感じていたのだろう。

「ヘロインをキック★しようかと思うことがあってな……」

カラは笑い出した。エディも笑いながら、静かに話を続けた。

「それって、Wisdom★★っていうのかな。いつもは自分をごまかし、自分をだまし、この生活のままでいいと自分を納得させているけど、知恵は何層もの心の嘘を見破っていく。そう思わない？」

「エディ、哲学者になるの？」カラは笑いながら話した。「でもダメだね」

「何がダメ？」

「ヘロインをキックする？ そんなの、できるはずがないのよ。知ってるでしょう？ そんな量を何年も使っていたら、キックしたら死ぬね、確実に」

「そうかもしれないな」

★やめる
★★知恵

「それよりエディ、明日から初めてキャッシングに使ってみる、あのドイツ人、大丈夫？」

「え、ドイツ人のミハエル？」

「そう。彼、何歳？」

「ええっと、二十三歳」

「どこか恐がっているような、神経質すぎるような気がする。オーストラリア人のピーターとは大違いよ」

「そりゃそうだろう。ピーターは海上油田で働いていたタフな男だぜ。あと、君とドゥラギツェは大ベテラン。でもミハエル、ね」

カラは吹き出して笑った。

「カルカッタ！　あたしはベテランかもしれないけど、カルカッタのケンシントン・ホテルは大失敗！」

「ハハハハ、スーツケースいっぱいの現金や！　全部ホテルの部屋に忘れてチェックアウトや！　ハハハしかも、カラ、俺にそれを言ったのは空たか〜く飛んでいる飛行機の中だ！」

「ハハハあたしもだけど、エディ、あんたもスーツケースいっぱいの現金のことは忘れていたじゃない」

「いや〜、袋に移していたからな、俺はスーツケースのことだけしか頭になかったよ」

「でも、でてきてよかった」

「必死でデリーの空港から折り返したな。あれ、部屋のどこに隠してたんだっけ？」

「クロゼットの中の天井ボードの裏」

「そうだった、そうだった。必死で探したな。それにしても、あのアゼルバイジャン出身のホテルオーナーのおばさん、いい人だったよな」

「あの部屋に泊まっていた客が外出したすきに、あたしたちを部屋に入れてくれたし……」

「いや～『あたしは共犯者になりたくないから』って、お礼を言っても、その言葉さえも聞いてくれなかったし、お礼の品物なんてとんでもない、という感じで……。でも、警察にも連絡しなかったし、本当に話のわかる人だよ」

「あのホテルオーナーのおばさんは、ちゃんと人を見ているのよ。法律じゃなくて、人を見てる、ちゃんと。エディ、最近は以前ほど気をつけて人を見てないでしょう」

「そうかもしれないな。でも、どこかでは、もっと気をつけるようになっただろう。タクシーの頭からアタッシュケースいっぱいの小切手を受け取るときは一流ホテルのスイートしか使わないようになったし、いつも、ピストルをテーブルの上にドンっと置いて取引するようになったしな」

「弾は入ってないんでしょう?」

「もちろん、入ってないよ。本当に人を殺したくなったらどうするんや」

「でも、それは、それでいいのよ。舐められないようにしているのね」

「そう、舐めてみろ、承知せえへんで、ぶっ殺すで！　みたいな雰囲気で……」

「それはいいことだけど、それだけ自分に自信がなくなった？」

「ああ～、まあ、そうだよ、本当は……。だから、人にどう見られるのかが気になってくる」

「あたしがさっき言いたかったことは、そのことじゃないの。ミハエルのこと。人を見るとき慎重に、この人はどんな人かと見極めるのが以前よりも甘くなってるよ、と言いたかっただけよ」

「そうか。カラ、いつも忠告ありがとう」

エディとカラはしばらくハグしあった。

「心を強くもってよ、リーダー！」とカラはエディの耳元で囁いた。

「ああ、その言葉を心のなかにキープしておくよ。どこかでデッドエンドに近づいている気がして、細かいことはどうでもいい、めんどくさい。そう思うこ

とがあってね、最近」

「ダメダメ、それじゃ。リーダー、しっかりしろ！」

カラはエディの肩をポンと叩いて椅子に戻った。

ボンベイのサンタ・クルーズ空港で集合した一行は、同じ便に搭乗してアーメダバードに飛んだ。

アーメダバードでは、キャッシングのときはいつもそうするように、エディはスイートルームに一人で宿泊した。カラは同じホテルでドゥラギツェと泊まった。ピーターと、今回初めてキャッシングに参加するミハエルは、それぞれ別々のホテルに泊まっていた。アーメダバードでは二泊して、それからは次の街へと移動していく。

実際にキャッシングにいく「チェンジャー」は、エディとカラ以外のメンバーたちだった。カラはエディが泊まっているスイートルームに待機して、チェンジャーたちの帰りを待つ。彼らがもち帰る現金を数え、分け前一五パーセントを与え、次の指示を出すのが仕事だった。

「昨日の夕食は美味しかったね」

カラは昨夜の食事を思い出していた。

「あそこがアーメダバードでいちばん有名なインド料理の店だってな」と、スーツを着たエディが答えた。

「うん、美味しかった。ここってグジャラット州よね。グジャラット州は味付けが美味しいの？」

「いや、特別そういう話は聞いたことがないよ。でもインドでは『嫁さんをもらうならグジャラットの人をもらえ』というくらい、女性が優しいらしいよ」

「ほんと？　それ」カラは笑った。「でも、食べ物は確かに美味しい気がする」

「昨日は、お店もよかったし、みんな別々に、街中を歩き回って下見してたから、疲れて腹が減って、よけいに美味しかったんだろうな」

「でもあれだけやってたら、美味しいのか何なのか、よくわからなかったけどね」

「ハハハ、カラはブラウン・シュガーだろう、俺はスピードボールだろう、ピーターはヘロインとスピード★だろう、あとミハエルは……」

「モルヒネ、ドゥラギツェも。ハハ」

二人は笑い出した。皆、好き勝手にやっていた。

「ところで、エディ、今朝も五時起き？」

「ああ、そう。四時半。もう習慣になってて。キャッシングにいくときは四時半起床、五時にはチャイのルームサービス」

「警察に踏み込まれてから？」

★アンフェタミン、覚醒剤

「そう、デリーのクラウン・ホテルで。警察は、踏み込むときは、早朝、人が寝ているころを襲ってくる、奴らは。あの時も、五時半にインド人の刑事が踏み込んできやがった」

「ふ〜ん」

「刑事がな、踏み込んで見た光景は、刑事の予想とはぜんぜん違ってたわけ。俺はな、ちゃんとスーツを着て、チャイを飲みながら新聞を読んでた。そして、刑事の話を聞いて『刑事さん、白人のジャンキーと、この俺のどちらを信じるのか？』と聞いたわけ、『売人の中毒者が朝からきちっとした身なりでお茶を飲んで新聞を読んでいるだろうか？』って。で、結局、刑事は『失礼した』と言って帰っていったよ」

「でも、どうしてそのとき、起きてチャイを飲んでたの？」

「いやクラウン・ホテルの辺りは、情報が入ってくるんだよ。『明日、警察くるぞ、朝早いぞ』とかな。誰かが教えてくれるんだ」

そんな話をしているうちに、部屋にノックがあった。ドゥラギッェが両替から帰ってきたのだった。

「ドゥラギッェ、ご苦労さん」とエディが声をかけた。「カラ、今、何時だ？」

「お昼すぎ」

「そろそろ皆帰ってくるころだな」

「ああ、そうよ。ピーター、後ろを歩いていたわ。もうすぐ帰ってくるはずよ」

と、ドゥラギッェが教えてくれた。「チェンジ、これね」と言って両替した金額をカラに渡した。

カラは一〇〇米ドル札の束を数えた。

「オーケー、ドゥラギッェ。三〇〇〇ドルちゃんとある。分け前は四五〇ドルね」と言って別の封筒から四五〇ドルを出して手渡した。

そうしているときにピーターが戻った。同じ手続きをした後、チェンジャーたちは休憩のために、それぞれのホテルの部屋に戻っていった。

「ミハエルはいったい、なにしてるの、遅いわ！」

カラは苛立った声をあげた。

「まさか、あいつ、三〇〇〇ドルもち逃げ?!」

「いや、そんなことはしないはずよ」

そのときだった。ミハエルが青い顔をして到着した。彼はパニック状態だった。

"I'm sorry, Eddy, the bank dude caught on to me, it seems. I had to make a run for it. The false passport is at the bank with the checks!"★

「なんだって！」

カラは鋭い語気で呟いた。エディは状況を想像してみた。典型的なジャンキ

★「エディ、申し訳ない。銀行の奴に怪しまれた。銀行に偽造パスポートと小切手をおいて走って逃げ出して来たんだ」

ーの反応だった。パラノイアだ。ちょっと不審な目で見られただけで、不安が激しくなり、あり得ない想像が走り出す。そのままパニック状態に陥ってしまったのだろう。正気の人から見ると、まったく奇妙な行動に映る。それにしても、偽造パスポートと小切手を銀行に残してくるとは！

"Cool it man, I guess you made a slip, you better get out of town fast"★とエディは指示した。**「バス・ターミナルにいって、カシミールの方面へ向かって、で、最終的にはボンベイにいけ！」**

ミハエルがひどいパニック状態のなかで何を考えているのかがわかった。ジャンキーにとって、逮捕されることは、もっとも恐ろしいことだ。刑務所に入れられたら、薬が切れる。そうなったら、まるで裸の赤ん坊と同じような無防備な弱い存在になってしまう。裸の赤ん坊には守ってくれる母親がいるかもしれないが、ジャンキーは地獄の苦しみを味わいながら死んでいく。

「ミハエル、ここまでどうやって来た？」とエディは聞いた。

★「冷静になれ、ミスったんだ。すぐに街を離れろ」

「一度、自分のホテルに戻って、荷物をまとめて、オートリキシャ★で」

「そうか、わかった。すぐに街を出ろ！」

ミハエルは走るようにして部屋を去った。

「カラ、これで俺にも足がついた。警察が木陰のオートリキシャ乗り場にいって、『白人を乗せたか』『どこへいったか』と聞き込みをしたら、俺の部屋まですぐに足がつく」

「エディ、逃げよう！」

「いや、先にドゥラギツェに電話しろ、俺はピーターに電話する。すぐに逃げるように言え」

「わかった」

スイートルームの寝室とリビングにあった二つの電話機から二人は電話をかけた。

「カラ、逃げろ。今すぐこの部屋を出ろ！」電話を切ったエディがカラに叫ぶ

★三輪タクシー

ように言った。

「エディは？」

「俺は逃げない」

「逃げない！」

「俺は逃げないよ。いいから、カラ、君は逃げろ」

カラは爆発した。

"Eddy, man, you're out of your head! You need a bust like you need a hole in your fucking head! You'll be dead when they lock you up, and when the dope wears off! Cold Turkey, man, you know better than that! Come with me!★"

"Good luck"

エディはそう答えてスイートルームの外へカラを押し出すようにして、別れを告げた。

★「エディ、頭おかしんじゃないの？　逮捕されるのは、頭に鉄砲玉の穴が開くのと同じよ。刑務所に入れられたら死ぬのよ。薬が切れて。コールド・ターキー（冷たい七面鳥：ヘロインが切れて禁断症状に苦しむジャンキーの状態）になっちまうのよ。わかってるでしょう。いっしょに逃げよう！」

なぜだか、論理的には説明がつかなかったが、「とうとう人生を変える、その日がやってきた」と、エディは直感した。これこそが「人生の新しい扉」になるような予感がしていた。実は、心の奥底では、この日が来るのを待ち望んでいたかのような気がしていた。

その反面、心の表面には焦りがあった。急いでスーツの生地と裏地との間にヘロインやコカインを縫い込んだ。現金が詰まったアタッシュケースを手に握り、ポケットには二二口径のベレッタを入れた。脳はコカインでチューンアップし、ヘロインでクールダウンした。心が冷静になり、無敵になったかのような錯覚の世界に身を置いた。しかし、これは錯覚であり、本当は赤ん坊のように無防備であることはどこかでわかっていた。気持ちを落ち着けて、ルームサービスでチャイをオーダーした。

このころ、ミハエルはバス・ターミナルで逮捕されていた。パニック状態の

「22口径ベレッタ」

ミハエルは警察署で仲間のことを喋りまくった。そして間もなく、カラとピーターは列車の駅で逮捕された。冷静で用心深いカラは、念のため、ドゥラギッツェとは別行動をとることにしていた。それが幸いして、ドゥラギッツェは逃れた。エディは冷静にチャイを飲み、新聞を読んでいた。手許には、レザー表紙の古いキップリング全集の一冊があった。かなり古いもので、綺麗な挿絵が入っていた。

三時間がたったころ、ドアにノックがあった。

「警察だ。ドアを開けろ」

ドアを開けると四人の男が立っていた。そのうち三人は制服を着た警官で、一人はビジネススーツを着ていた。

「ジャデジャ警部だ。この二人も警察官で、こちらはディパック・シャーさん、銀行の支店長だ」

「ラドヤード　キップリング」

「エディです」

「ちょっと聞きたいことがあって……」

「どうぞ」

彼らはスイートルームに入り、応接セットの方に歩いていった。一瞬の沈黙を破ったのは銀行の支店長、ディパック・シャーだった。

「それ、キップリングですか？」

彼は英語で聞いた。

「ああ、そうですよ」

「貴重なものですね、その本」

「ええ、そうですよ。キップリングの本は好きで」

「実は私も大好きです」

「ところで」

エディはヒンドゥ語に切り替えて続けた。

"Inspector Saab, Bheto ji, paile hamare sat chai piega?"★
「今日は、お茶は遠慮する」
「私は逃げも隠れもしませんよ、警部殿。自分のイザット★★にかけて。では、一緒に警察署にいって話をしましょう」

エディ逮捕の瞬間だった。

若い警察官はエディに手錠をかけようとした。しかし、その瞬間、ジャデジャ警部は若い警察官を制止した。人が自分の名誉にかけて逃げないと宣言しているのだから、その名誉の言葉は尊重されなければならない。

警察車両のジープ二台で、エディはアーメダバード警察署に向かった。

★「警部殿、まずは、私とお茶を飲みませんか?」
★★名誉

拘置所のコールド・ターキーたち

警察署での取り調べは二週間に及んだ。最初は四八時間の留置期間が設定されていたが、それを超えるたびに、警察は裁判所に延長を申請した。

事件は州をまたがる一大事件で、さっそく新聞記者たちが押し掛け、写真を撮り、取材をしていた。アーメダバードの田舎警察官たちは、一緒に写真に映ろうとしたり、翌朝の新聞記事をエディに見せて、「凄いな〜」と声をあげたりしていた。ジャデジャ警部も、エディと毎日、別室でチャイを飲むなど、エディの一行は「特別扱い」されていた。外国人がこの警察署に留置されることだけでも珍しいのに、一大事件とあって、一行は留置所の「セレブ」だった。

やがて、事件の捜査は、アーメダバード警察、あるいはグジャラット州の警察機関では捜査しきれず、ＣＢＩ★に捜査が移管された。その関係で、エディと仲間たちは一時的に、ニュー・デリーのＣＢＩの拘置所に移送された。そこで取り調べを受けたあと、すぐにまたアーメダバードに戻された。

この二週間の留置期間でもっとも辛かったのは、仲間たちのうめき声だった。ピーターとミハエルは二人で、エディの隣の留置室に入れられていた。留置室の中にはベッドが二つあるだけだった。トイレは申し出て、警察官に連れていってもらうことになっていた。部屋の前は鉄格子の扉になっていて隣の部屋と共通の廊下に面していたから、廊下から隣の話し声が聞こえてきた。廊下の方を向いて話すと会話ができた。

「死にそうだよ。ヘロインが切れてきているよ」

ピーターやミハエルの声が聞こえてきていた。

「だるい。からだが動かない」

★Central Bureau of Investigation: 中央捜査局（アメリカ合衆国でいうFBI）

「関節が痛い」

「磨りガラスを通して見ているみたいだ。目が見えない」

「高熱があるみたいだ」

ガタガタ震えているような音や意味不明のうめき声も聞こえてきた。彼らはまさに「コールド・ターキー」、麻薬が切れ禁断症状のためにひん死状態に陥ったジャンキーたちだった。

エディの衣服に縫い込まれていたヘロインを分け与え、タバコの葉にまぜて、全員が凌いだ。警察官たちは留置されているセレブたちには親切で、お金を渡して頼むと、タバコをくれた。そのタバコにヘロインを混ぜた。

エディは少しずつ消費量を減らして、かなり苦しい状態になった。しかし、この機会にヘロインをキック★することを自分で選択して逮捕されたエディは、泣きわめかないようにしようと頑張った。それとは対照的に、もともとヘロインをキックするつもりがない仲間たちは、ヘロインの禁断症状とは別に、ヘロ

★やめる

インがまったくなくなってしまう恐怖感に圧倒されていた。仲間たちをどう助けたらいいのか、彼らのうめき声を聞くたびに、エディの心が痛んだ。

二週間の留置期間が終わり、正式に起訴となった。二八項目に及ぶ起訴状が用意された。エディたちは警察署からアーメダバード拘置所に身柄を移された。

アーメダバード拘置所はアーメダバード中央刑務所と同じ敷地にあった。砂漠の端にあり、木々が多いところだった。その木々の間を猿たちが飛び回っていた。拘置所・刑務所は塀で囲まれた広い敷地にあった。入口の近くに管理棟があり、奥にはフェンスで囲まれた三つの円があった。それらの円には、それぞれバンヤンの木が中心にあり、それを向いてバラックが三棟ずつ建っていた。三つの円のうち、ひとつは刑務所、もうひとつは拘置所だった。つまり、裁判が進行中で刑が確定していないものは「拘置所」、刑が確定して服役しているものは「刑務所」に入れられていた。もうひとつの円は女子刑務所兼拘置所だった。

バラックは厚い石を積み上げてできていた。幅五メートル、奥行三五メートルほどで、両端に引き戸の鉄格子の扉があった。バンヤンの木がある広場に面した扉は使用されていたが、奥の扉は使用されることはなかった。窓は、両側に四つずつあった。窓とはいっても、ガラスはなく、鉄格子に金網が張ってあるだけだった。編み目は約三センチ程度で鳥や蛇が中に入ってくることはなかったが、虫や雨風や砂埃は容赦なく入ってきた。

この刑務所はサバルマティ・ジェイルという名称があったが、一般的には「アーメダバード中央刑務所」と呼ばれていた。イギリス人が一八〇〇年代に作った施設だった。マハトマ・ガンディがここに収監されていたこともあり、あとからガンディの財団がここに図書館を寄贈したことでも知られていた。

拘置所に身柄を移されると、エディはすぐに保釈を申請した。三万米ドルと

「Sabarmati jail」

いう大金を支払って、保釈が許可された。保釈期間中は毎日、警察署に出頭することが義務づけられ、それを怠ると、保釈金が戻ってこないばかりか、逃亡者とみなされ、種々の面で不利になることはわかっていた。

しかし、エディは保釈されると、そのままボンベイに飛んだ。もちろん、翌朝までにアーメダバードに戻ってきて出頭するのは物理的に無理であることは承知の上だった。ボンベイに戻って、バンガローを引き払い、エディと取引があったすべての関係者を訪問し、彼らに警察の捜査の手が及ばないように画策した。もちろん、まだ押収されていない証拠の品々を隠滅する必要もあった。有能な弁護士、ヒラニ弁護士★とも契約した。

さらに、エディの心を最も痛めていた仲間たちのわめき声に対応するために、ヘロインをマルボロのタバコに詰め込んだ。丹念に、タバコの葉を一度取り出し、そこにヘロインを混ぜて、もう一度詰めなおした。こうして、ヘロイン入りのマルボロを一人一カートンずつ用意した。それらすべての作業には一週間

★その名Hirani（A-N-Iで終わる）からわかるように、Eddy Daswaniと同じシンディー族。

近くを要した。

そのころアーメダバード拘置所では、エディの仲間たちは業を煮やしていた。

「おまえらのボスは逃亡したぞ、もう帰ってくるはずはない。おまえらを見捨てて、ボスだけは、今ごろどこかでヘロインをやってるぞ。どうせ、ボスもアフェンチ★だろう」そんなことを他の拘置者から言われていた。

こう思われるのも当然だろう。逃亡するなら今しかない。しかも、偽造パスポートを作らせていたエディなら、自分のために偽造パスポートを用意して、国外に逃亡するのは簡単なことだった。

しかし、拘置所でカラは、エディを信じて待っていた。カラとアスラム・バイ★★と呼ばれる拘置者はエディを信じていた。アスラム・バイは大物だった。「ダダ★★★」と呼ばれるほどの組織のドンだ。イスラム教徒だった。

実は、エディは保釈になる前に、アスラム・バイと話をして、お願いごとを

★アヘン中毒
★★アスラム兄貴
★★★祖父（ヤクザの親方）

していた。それは、「自分が拘置所か刑務所に入っている間にヘロインをキックしたいから、協力してほしい」という内容だった。「自分が暴れて、どうしようもなくなったら、紐か何かで自分を柱にくくりつけておいてほしい」と頼んでいた。アスラム・バイは快くそれを引き受けてくれていた。そして、アスラム・バイと一緒に拘置されているカリムほか、彼の手下の者たちも、協力することを約束していた。そんなお願いをしていたからか、アスラム・バイはエディを信頼していた。

エディは一週間で出頭してきた。いちばん驚いていたのは警察だった。もう逃げたものだと思い込んでいたらしい。保釈期間中に逃亡することは可能だったが、エディ自身の人間としての誇りが、それを許さなかった。アスラム・バイは、エディの内なる誇りを見抜いていたのだった。

拘置所から裁判所へはバスに乗っていった。裁判は連日おこなわれるわけではなかったが、裁判が続いた四ヵ月の期間は拘置所と裁判所の往復だった。

このころ、エディの体調は徐々に崩れていった。ヘロインの禁断症状だった。少しずつ摂取していたヘロインは完全に切れた。そして、ヘロインが完全になくなってから、禁断症状は徐々に強くなってきた。これはヘロイン禁断症状の特徴だ。タバコの場合は、タバコが無くなるとすぐにタバコが欲しくなる、それが無いと不安感を感じ、注意集中の障害などが発症する。しかし、ヘロインの場合は、最後に摂取してから数日たってから禁断症状が強くなり、一〇日、二週間がたつと、徐々に症状が重篤になっていくのだった。

全身倦怠感、関節の痛み、目のかすみ、不安発作などは序の口だった。エディの症状は徐々に厳しくなり、食べられない、水も飲めない状態になった。さらに、震え、悪寒、高熱の症状が出現した。高熱で、ときどき意識があるような、ないような状態に陥った。「見えているものは夢なのか、現実なのか、幻覚なのか……」「このまま死んでしまうのでは……」。

高熱にうなされている意識のなかで、アスラム・バイと彼の手下たちが自分の身体を押さえつけている光景が見えていた。彼らは何かを叫びながら、エディを押さえつけていた。だが、エディには彼らが言っていることがわからない、聞こえないのだ。自分の身体を動かしていたり、それが押さえつけられているといった感覚もない。視覚もはっきりしない。ただただ、口の動きだけがはっきり見えていた。きっと、自分が暴れていて、アスラム・バイと手下たちは、自分を押さえつけ、症状が落ち着くまで、紐で縛っていたのだろう。

強い全身倦怠感やもうろうとした意識のなか、バスにのって裁判所に通った。裁判所では、他の裁判もおこなわれているから、自分の出番以外の時間は、裁判所内の拘置所で過ごした。そこで警備していた警察官たちの間でも、エディの一行は「セレブ」だった。外国人の拘置者が珍しいのか、あるいは新聞記事を読んだのか、待ち時間は警察官との会話が続いた。警察官の方からタバコやチャイを差し入れてくれることもあった。なかにはハシーシ入りのタバコをくれる警察官もいた。これは、ちょっとした救いだった。もちろんハシーシは、アヘンを濃縮したヘロインとは全く性質が異なっている。ハシーシを吸ったからといって、ヘロインの禁断症状が楽になるわけではなかった。それでも何かホッとするひとときだった。

アーメダバード中央拘置所では、アスラム・バイとエディの友情は深くなっていった。ときどき、禁断症状で動けなくなり暴れ出すエディの面倒をアスラム・バイがみてくれた。「セレブ扱い」されているエディたちには、バナナ、リンゴ、マンゴなどのフルーツの差し入れがときどきあった。エディはこれをアスラム・バイと彼の仲間たちと分け合った。

アスラム・バイはいろいろなことを教えてくれた。そのひとつは、「刑が確定して刑務所側にいくときは、イスラム教徒が入っている中央のバラックを希望しろ」というものだった。拘置所の反対側にある三棟の刑務所バラックのうち一棟はヒンディー用、もう一棟はイスラム教徒用、もう一棟はその他の人たちが入るようになっていた。おおまかには、このような分け方になっていたが、実はイスラム教徒用のバラックは極悪の受刑者が入っていた。刑務コード三〇一すなわち殺人を犯した連中が入っているところだった。だが実は、ここがいちばん安全で、居心地がいいし、アスラム・バイの手下たちもここに入っているから、面倒を見てくれる。アスラム・バイが言うことだから、間違いはない。

インドの裁判システムには、日本のそれとは異なる面があった。弁護士は毎回の裁判に出廷する必要がなかった。エディが雇った大物弁護士、ヒラニ氏は、ほとんど出廷しなかった。しかし実は、これもヒラニ弁護士の作戦のひとつだった。つまり、ヒラニ弁護士ほどの有名弁護士が毎回、出廷しているという事実だけで、「この被告人はそれ相当の悪党だ」という印象を裁判官に与えかねない。その代わりに、ヒラニ弁護士は丁寧にエディにアドバイスをしていった。「こういう質問にはこう答えた方がいい」「このことには触れない方がいい」などだった。弁護士が出廷していないから、検察側の主張に異議があるときは、被告人が直接、異議を裁判官に申し出ることになっていた。

裁判が進むにつれて、エディのヘロイン禁断症状はとれてきた。信じられないように、からだが元気になってきた。生き生きと動けるようになり、注意集中の障害も消え、思考も明晰になってきた。これは大きな成果だった。投獄される目的を、エディはすでに達成したようなものだった。そして、それが大きな自信につながった。自分が自分に約束したとおりに、ヘロインをキックしたのだ！　やり遂げた！　死ぬほど苦しかった禁断症状を乗り越えられた！　これができたのなら、もう何でもできる、そういった感覚だった。

なんとも矛盾しているが、投獄されていることによって、エディは自由を取り戻したのだ。そればかりか、人間の屑ではなく、人間としての尊厳を取り戻し、前に進めそうな感覚があった。論理的に考えると矛盾することはわかっていたが、ここアーメダバード中央拘置所で刑の確定を待つ不自由な状況のなかで、エディは自由を取り戻した。人生の新しい扉が開いた実感があった。

インドの裁判は賑やかなものだった。検察側が用意した五〇人ほどの証人とその親戚、友人などが傍聴席に詰めかけた。まるで、ショーを見に来るような感覚で傍聴していた。

イギリス風の裁判所の建物の中で、法廷の中央の大きな机に裁判長が座った。一段下に書記官が座った。そこから少し下がったところの片方には検察側、片

（本書のメイキングを再現した特別製作映像）

方には被告人たちが座った。中央には証言台があった。法廷の後方には、バーで仕切られた一般傍聴席があった。

裁判では当初、検察側は「国家に対する陰謀」を主張していた。これは、最低でも懲役七年、最高で二一年の刑に相当する重罪である。しかしこの主張も徐々に崩れていった。

ある日、法廷では、トラベラーズ・チェックの不法な換金について審議していた。検察側の証人は、エディ逮捕の日にジャデジャ警部と一緒にエディのホテルの部屋にやってきた銀行の支店長、ディパック・シャーだった。トラベラーズ・チェックの詐欺については罪状認否で有罪と認めていたので、この件についてはスムーズに進んだ。

しかし、このあと検察側は、どういうわけか、「国家に対する陰謀」を再び持ち出した。エディはたまらなくなって、裁判長に異議を申し立てた。

「裁判長！　異議があります」

「被告人は異議を話しなさい」

「俺は国家に対する陰謀など、企てておりません。実は、インド政府には何の損失も与えておりません。このようなトラベラーズ・チェック詐欺の場合、アメリカやイギリスの大手保険会社が損失を補償するようになっています。ですから、インドの国には何の損失も与えていません。お金は戻ってきます。しかも、外貨ですからインドの外貨獲得の観点からは、実際には有利なことになるはずです」

「そういう仕組になっているのですか」

裁判長はエディに確かめた。

「裁判長、今日、検察側の証人として証言した銀行の支店長のスリ★・ディパック・シャーの発言を求めます。スリ・ディパック・シャー、そういう仕組になっているのですよね」

★英語の「ミスター」にあたる敬称

passports were forged in different names for
ent of travellers cheques fraudulently and this
f room No.208 of Hotel Roopalee conducted on 26.5.79
e with an opening through the window in the bath-
rs of Hotel Bills and the
vellers cheques bearing one signature of the
e foreigners were telephoning each other from
deja, PI Kalupur seized certain documents etc
ng to encashment made at Mysore and Bangalore
ese. Sri Jadega also took into his possession
43 and 545 for flight No.IC-133 of 20.5.1979
f Andree Vensen, Wells Richard.

he four banks at Ahmedabad and all the uncashed
e enclosure were already reported lost/stolen by
than the accused foreigners. It has also been
re also reported lost or stolen earlier. It has
be of Attari Road checkpost have been forged in
ion Check Post, Palam Airport have also been forged
has a criminal record in his country i.e.
was released on bail by the Court and lateron
t CBI/SPE/CIU.III/New Delhi from 5.7.79 onwards
absconded.

punishable U/s 120B IPC r/w 411, 419, 420,
eigners Act by all the 5 accused foreigners i.e.
& Michael . The facts also
420, 467, 468 and 471 IPC and U/s 14 of the
so prove that the accused has committed

bsconding. The accused Peter and Michael

(S. R. GUPTA)
DEPUTY SUPERINTENDENT OF POLICE:
SPE:CBI:CIU.III, NEW DELHI.

The contents, thus, conclusively establish that Fr
nting them before the Bank officials towards the enc
ll being done in collusion with each other. The sear
ted in the recovery of a bundle from the closed encl
of room No.208. This bundle contained registration
pts in the names of and uncashed
ne purchaser in Japanese. The Hotel records show tha
l Kingsway to Hotel Roopalee and vice-versa. Sri N.
ding a notebook in which some account obviously pert
ccused Michael, Peter, (Kara) are written in J
accused counterfoils of two air-tickets Nos.5
Bombay to Ahmedabad purchased on 18.5.1979 in the nam

The investigation has proved that the TCs encashed
ellers cheques found in the bag as also recovered fro
genuine purchasers who were altegether different pers
ed that the French Passports and the British Passport
been found that seals for entry and exist purporting
passports. Similarly entries purporting to be of Immi
he passports. It has also been found that accused Pe
and has 3 previous convictions.
directed to make themselves available for investigati
they have flouted the court orders, jumped bail and h

The above stated facts disclose commission of offe
468, 471, 472, 474 and 475 IPC and Section 14 of the
yakoto, @ Kara, F
e commission of substantive offences punishable U/s 4
igners Act by the accused Peter and Michael. The fact
tantive offences U/s 14 of the Foreigners Act.

The accused Edward
are in judicial custody.

It is prayed that they may be tried according to l

エディら一行に対する起訴状の最終ページ。下線部にジャデジャ警部の名前、ミハエル、ピーター、カラの名前が見える。また下線部にはアーメダバードの4つの銀行、紛失中のフランスとイギリスのパスポートについて記載がある。エドワード(エディ)はabscondingとあり、エディが保釈期限を過ぎても戻っていない時点において作成されたものと思われる。

「スリ・ディパック・シャー、発言してください」

「はい、裁判長、おおまかに言えば被告人の言うとおり、欧米の保険会社より、損失は補償されることになっています」

「わかりました」

裁判長は納得した様子だった。

エディは続けた。

「俺は国の法律を侵したことは認めます。だけど、神の掟はやぶっていないことは胸を張って言えます。お金がないひとが助けをもとめてきたときは、おしみなくできることをやりました」

ディパック・シャーが拍手していた。


このやりとりを最後に、「国家に対する陰謀」という言葉は裁判から消えた。

そして四ヵ月に及ぶ裁判は結審した。訴状の二八件のほとんどについて、有罪が確定した。刑期については、ヒラニ弁護士がバーター★してくれたこともあって、エディ以外の仲間たち、カラ、ピーター、ミハエルは懲役一四ヵ月の禁固刑、エディは一八ヵ月の「厳格なる禁固刑★★」となった。執行猶予はつかない実刑だ。この刑期には裁判期間の四ヵ月が含まれるため、実際にはエディは一四ヵ月、その他は一〇ヵ月の刑期が残っていることになった。

★取引
★★rigorous imprisonment

バンヤンの木の下で

刑務所暮らしは、いろいろな面で体力・精神力を要するものだった。プライバシーがない閉鎖された空間は、エネルギーを吸い取っていく。「厳格なる禁固」という表現のためか、あるいは裏でアスラム・バイが計らってくれたのか、エディだけはイスラム教徒が入っている、通称ロジャ・バラックという牢に入ることになった。Rojaとは「祈り」という意味だ。

この牢に入っている者は、神に祈らなければならないほど、大きな罪を犯している。刑務コード三〇一：殺人、あるいはそれ以上の罪を犯した者が収容されている。それ以上の罪とは、たとえば囚人ガーニ・バイのように、列車の線路を外し、列車を脱線させ、脱線して混乱している列車を襲い、荷物を奪った罪だ。もちろん、長距離列車には警備のために警察官が乗っていたから、ガーニ・バイと仲間たちは警察部隊と銃撃戦を交えながら、強盗作戦を強行した。何人もの犠牲者が出ていた。

ジョブは市内のクリスチャン地区の小さなヤクザ組織のダダ★だった。グンタ★★を刺し、銃で殺害したことで収監されている。エディと同じ歳で、同じような口ひげを生やした、とてもいい奴だった。

バクシは五人もの人を素手で殺している。石で頭蓋骨を叩き割った。彼はそれを正当防衛だと信じていた。そのとき彼が殺していなければ、彼が殺される身だったと信じている。しかし、裁判官は彼に懲役二〇年を言い渡した。怒ったバクシは裁判所の木製のベンチを抱え上げ、裁判長に向かって投げつけた。その瞬間、彼の刑期は五年延長され、懲役二五年となった。

他にもいろいろな事情で殺人を犯した者たちと同じ牢の中で暮らすことは、

★ヒンドゥ語で親方
★★チンピラ

精神のエネルギーを消耗させた。気の休まるところがない。

バラックの中は石材の床で、その上に毛布などが敷かれているだけだった。二人ずつ近くで眠ることになっていた。ヒンドゥ語でいう「ジョリ★」単位で点呼がおこなわれる。毎朝、六時頃に点呼があり、ペアの相方を確認して、返事をすることになっていた。広いバラックの中には壁などの仕切りはなく、約五〇人の囚人がそこにペアになって寝ていた。

このバラックの囚人のほとんどがイスラム教徒だったから、夜明けごろ、イスラム教の礼拝がバラックの中でおこなわれた。誰かがお経か呪文のように聞こえる祈りを歌い出し、その歌を聞いて、囚人たちはバラックの一角に集まった。そして正座をして、何度もメッカの方向に向かって、深く頭を下げて祈った。エディは、毎朝、この時間に目覚め、イスラム教に敬意を表した。坐禅をするような格好で座り、礼拝を後ろから眺めていた。礼拝が終わるころが、ち

★ペア

ようど点呼の時間だった。
宗教的な雰囲気があり、また、アスラム・バイの仲間たちに守られているとはいえ、得体の知れない殺人者の一団。気が休まらない。

ある夜、エディは不思議な夢をみた。白い衣装をきたサドゥ★がエディを素手で殺しにくる夢だ。エディは自己防衛のために、ナイフでサドゥを刺してしまった。それでも血まみれになったサドゥはエディにしつこく襲いかかってくる。エディはサドゥを何度も刺した。でも、サドゥは死なない。繰り返し、サドゥに襲いかかられ、繰り返しサドゥを刺す。エンドレスな殺戮が繰り返された夢だった。「助けてくれ！」とエディは夢の中で叫びながら、サドゥを刺していた。

目が覚めと、囚人が何人もエディの周りに集まっていた。

「エディ、わかるよ。殺人の場面を夢で見てたんだろう」

★修行者

「俺もときどき、殺人場面を夢で見るよ、今もな」
「おまえ、やっぱり殺人犯だろう。俺たちにはわかるぜ」
「大丈夫だ、俺たちがついている。俺たち殺人犯は皆、こんな夢を見るんだ。ちゃんと、そばにいてやるから、安心して眠れ」

ロジャ・バラックの囚人たちは、エディを殺人犯だと思い込んでいた。

アスラム・バイは「殺人犯などが入っているバラックが、いちばん安全で居心地がいいぞ」と言っていたが、それは本当だった。刑務所には不思議な発想があった。それは、「より重い罪を犯した者がより偉い」という発想だ。窃盗などの軽犯罪で入っている者よりも、殺人で終身刑になっている者の方が「偉い」。だから、ロジャ・バラックの囚人はろくに掃除などはしない。それは、隣のバラックの下っ端の囚人たちが出張してきてやってくれる。

さらに、殺人などで入っている囚人は組織犯罪者が多かった。これはすなわち、外には組織の仲間がいる、ということだった。刑務官などがロジャ・バラックの囚人をいじめたりすると、その刑務官やその家族は夜、外で、組織の組員やグンタに狙われるかもしれない。刑務官たちが、ロジャ・バラックの囚人に何かを強制しようとすると、決まって囚人たちは脅しにかかった。

「おい、刑務官。おまえ二十歳の娘がいるんだったな。その子が、今夜、一人でアーメダバードの街を歩いていたら、どうなるか、おまえ、わかってるだろう。え、それでも、労働しろと言うのか、おまえ」

脅しが強烈に効き目があったことを思うと、これは単なる「脅し」ではなく、実際に刑務官たちの私生活は脅かされていたのかもしれない。絶対に夜は一人で外出しない。必ず拳銃をもって外出する、といった刑務官たちもいた。

だから、ロジャ・バラックの囚人は、ほとんど刑務所の中の作業には参加せず、ポーチかバンヤンの木の下に集まって、グラス★を吸っていた。刑務官たちは、それでもロジャ・バラックの囚人たちには朝食に果物を添えたり、他の囚

★大麻

人には与えられていなかったマトンの肉などを振る舞っていた。エディに果物や肉が与えられたときは、エディは必ず他のロジャ・バラックの囚人たちと分け合うことにしていた。

刑務所にはリハビリや職業訓練のために、織り機を使って織物を作る作業所があった。午前三時間、午後三時間はこの作業に参加することになっていたが、エディはこれには参加しなかった。作業所にいってみたものの、他の囚人たちが黙々と仕事をしているなか、何をしたらいいのかわからなかった。仕事を指示するはずの刑務官も何も言わなかった。よくみると、ロジャ・バラックの囚人は誰も作業所で作業などはしていなかった。

作業所へいく代わりに、エディはマハトマ・ガンディが寄付した図書館で「本の虫」になったかのように、毎日、本を読みあさった。ヒンディやグジャラティで書かれた書物が多く、それらは読めないので、英語の書物をあさって読んだ。機械工学や自動車工学の本も読んだ。それが刑務所という現実からの一瞬の逃避でもあった。

こうやって、毎日毎日が繰り返された。

ピーターとミハエルは、主にヒンドゥ教徒が入っている別のバラックで過ごした。昼間は一緒に図書館にいったり、バンヤンの木の下で話をした。彼らは、機会に恵まれるたびに、外からヘロインを買っていた。そして、それを少しずつ使用して、何とか最後まで凌ぐつもりだった。カラには監守と診療所の医師、ドクター・パテルを通して手紙をやりとりした。ドクター・パテルは本当に親切で優しい先生だった。診療所で新聞を読ませてくれたり、ＢＢＣのラジオも聞かせてくれた。

とうとう長い一〇ヵ月が過ぎた。カラ、ピーターとミハエルが先に刑期を終えて出所した。すぐに面会に来て、エディにモルヒネ入りのタバコをくれたが、エディは断った。もう、ドラッグは嫌だった。仲間たちが愚かに思えて仕方がなかった。ドラッグをキックする、こんなにいい機会だったのに……。

それ以来、仲間たちと会うことはなかった。おそらく、国外退去を命じられたのだろう。

彼らと別れたあと、寂しさが残った。しかし、寂しさを感じている余裕もなかった。刑務所生活では、特に過酷な労働を強いられているわけではなかったが、気が休まらないせいか、消耗感が強かった。


エディのことを嫌う連中が、ヒンディのバラックにいた。あるとき、バクシがこのことを教えてくれた。彼らはバクシが大嫌いで、そのバクシと仲良くしているエディも許せないようだった。彼らは織物作業所から小さな鉄の板を盗み出して、それを削って、ナイフを作っていた。エディかバクシを刺すつもりだったのだろう。

これは自分で始末しなければいけない問題だとエディは思った。イスラム教徒が多いロジャ・バラックでこのことが知れたら、ヒンディ対イスラムの宗教抗争に発展する恐れがあった。

　このころ、アーメダバードではイスラム教徒とヒンディの間で緊張状態が生じていた。暴動が勃発していた。イスラム教徒がヒンディの商店に放火し、その逆襲が繰り返されていた。そんな爆発寸前の状態で、この問題を個人的に解決しないと、それこそ、刑務所内でも宗教戦争が起こりかねない状態だった。

　あるとき、数名のヒンディの連中が、刑務官に見えない位置でエディを取り囲んだ。一人の男がナイフを抜いた。エディは、その男の動作を見た瞬間、その男はエディを刺すつもりがないとわかった。刺す気なら、一瞬のうちに刺すはずだ。むしろ、ナイフを抜いて怖がらせ、脅すことが目的のように思えた。

　エディはその男の目から自分の視線を離さないように凝視した。そして、男がもっているナイフを自分の素手で握った。男の目の奥を睨みながら、ナイフを渾身の力で握りしめた。手から血が流れ出ていた。男はナイフを離してもらおうと、ナイフを動かした。しかし、エディはナイフを握ったまま、男に寄っていった。男は少しずつ後退するしかなかった。そして、とうとうナイフを離した。

「俺をやるならやれ。脅すのはやめておけ」

エディは男に静かに耳元でささやいた。

エディの手は大きく切れていて、四針縫うことになった。だが、この四針のおかげで、エディは尊敬されるようになった。

一週間がたつと、傷口が化膿し始めた。エディはアーメダバード中央病院にいって治療を受けることになった。病院では全身麻酔を使って治療がおこなわれた。入院して数日を過ごすことになった。

囚人たちは中央病院に入院するのが大好きだった。まず、シャバの空気が吸える。それに、レストランからの出前で美味しい料理を食べることもできる。

見張りの警官を買収すれば、ハシーシャや娼婦までもが、病室に届けられる。

しかし、外の病院での治療が終わると、また刑務所に舞い戻った。そして、一週間、もう一週間と時が過ぎた。ゆっくり、一ヵ月、もう一ヵ月と時が過ぎ、ようやく一三ヵ月目に入った。ときどき一緒にチャイを飲んでいたジャデジャ警部からの提案で、最後の一ヵ月は、外の世界へのリハビリのため、警察学校の寮の二階の部屋で暮らすことになった。これは嬉しい提案だった。ジャデジャ警部はエディを逮捕したときから、妙にエディのことを気に入っていたようだった。さっそく、警察学校に移ることにした。

拘束されている身とはいえ、警察学校は爽快なシャバの空気に満ちていた。ここは、ちゃんとした寮の部屋だった。他の囚人もおらず、深く眠ることもできた。警察学校の敷地で警察のバイクを運転させてもらうこともあった。大きな気分転換になった。ジャデジャ警部の粋な計らいだった。

そうしているうちに、刑期を終え、エディは正式に自由の身となった。

列車ですぐにボンベイの日本領事館に出頭するように命じられた。ここで、パスポートの代わりとなる「渡航旅券」を発給された。これは、世界のほとんどの国々に自由に動くことが可能な日本のパスポートではなく、日本に帰るためだけを目的として発給されたパスポートの代わりのものだ。行き先は日本に限定され、すぐにそれをもって日本に帰らなければ有効期限が切れ、失効してしまうようになっていた。

さらに、インド政府の扱いとしては、エディは「ペルソナノングラッタ★」であることを知らされた。これは事実上の国外退去処分で、数年のうちにエディがインドに再び渡航しようとした場合、ビザが発給されない、あるいはインド

★Persona non grata: 外交用語で「ありがたくない／好まれない人物」

政府が入国を認めないことを意味している。エディのインドでの生活は完璧に終わってしまった。そして、Persona non grata のシールで封印されてしまった。

キャセイ・パシフィック航空でボンベイを出発し、バンコク、香港を経由する羽田行きのフライトに搭乗した。時は一九八〇年十一月十日だった。エディが最初にインドに来てから九年と五ヵ月が過ぎていた。

エピローグ

こうやってエディは日本に「帰国」したのだった。

そう、僕は彼が日本国籍を有していたなんて知らなかった。子供の頃、母親に「エディは本国送還になって、インドにいってしまったからもう日本には帰ってこられない」と聞かされていた。どうして？　バイクで事件を起こしたから？　それだけで本国送還になるの？　僕は母親に何度もくい下がったことを思い出す。

今から思うと、きっとトムの母親たちと申し合わせて、そういうことにしておいたのだろう。エディには妹ミラもいたし、暴れん坊のエディがいては困る、だからといってエディの母親がエディを放棄したように思われるのも困る。そんななかで「本国送還」の筋書きが母親たちの間で流されていったのだろう。そのエディの母親は、今は再婚してアメリカ合衆国に暮らしていて、ときどきエディを訪ねて来日している。妹ミラも結婚してアメリカ合衆国にいる。

エディはそれからどうなったのか。彼は神戸には帰ってこなかった。どうして？

「だってさ、俺、神戸に帰ってくるときはさ、I wanted to come here with banners flying、なんていうの、ほら、日本語で、『故郷に錦を飾る』みたいな感じ……」

Banners flyingつまり、旗、横断幕、バナーが高々と振られているなかで帰ってきたかった。まるで、英雄の凱旋パレードだ。エディは「故郷に錦を飾る」と言ったけれど、それは、まあまあの日本語訳だろう。要するに、誇りをもって、自分が自分であることにプライドをもって、友人たちがいる故郷に帰りたかった。それを築きあげていくのには、いくぶんか時間もかかった。そして、それができたころにはすでに東京で家族をもち、安定した生活を実現していたから、神戸に帰ってきて生活することはなかった。

帰国したころのエディは、東京でしばらくロックバンドの一員になり、クラブなどで演奏していた。そこでダンサーと知り合った。その方が今の奥さんだ。常連客だったお客さんに一緒に仕事をしないかと誘われた。それは設備関係の仕事だった。公共施設の設備工事や一般家庭のリフォームの仕事だった。そのお客さんはそんな設備会社の社長さんだった。

都内にあるこの設備会社に、僕も何度か足を運んだ。エディの仕事が終わるころを見計らって、誰もいなくなった会社の応接セットに座って、エディと原稿の打ち合わせをした。社長さんともお会いして、応接セットで缶ビールをご一緒させてもらったこともあった。缶ビールを一本飲んで家に帰るのが社長さんの日課だった。エディと社長さんは二五年以上も一緒に働いていた。
エディは、普段は社長と一緒に退社する。ところが、ある夜、用事があって
エディが先に帰宅した。翌朝、出社してみると、社長が倒れていた。突然死し
ていた。飲み終わった缶ビールが社長の遺体の横に転がっていた。二五年も一
緒に仕事をしていたから、エディと社長さんしか知らない仕事の詳細がたくさ
んあった。結局、エディがこの会社を切り盛りしていくことになった。小さな
会社ではあるが、エディは専務取締役に就任した。

しばらくはC型肝炎に苦しんでいた。

「いや〜俺は注射器で感染したね。ほら、ヘロインを射ってただろう」

そう言って、エディは左の袖をまくり上げて、傷を見せてくれた。肘の少し
下に長さ一〇センチほど、太いミミズが這ったあとのような傷がくっきりと残
っていた。痛々しい傷跡だった。その腕に毎日、注射器を刺していたのだと想

像すると、僕には痛々しかった。

　ヘロインの傷は今になっても腕にはっきり残っている。そして、肝臓にはC型肝炎ウイルスも生き続けている。誰かの血液の中にいたウイルスが注射針に付着し、その同じ注射針がエディの腕に入っていったとき、ウイルスはエディの体内に侵入し、長い時間をかけて、肝臓に住み着いて増殖していった。ジャンキーには時効なんて、ないのかもしれない。

　入院してインターフェロン治療を受けたときから症状は改善しはじめて、今では支障なく生活できている。

「肝臓が悪くなったら、しんどいやろう」と僕は訊いてみた。

「しんどい、しんどい、しんどくて、起き上がれないんだぜ……あ……いま、思い出した。アキラに言おうと思ってたんだよ。あの、インターフェロンの治療を受けているときにな、夢にあのサドゥがでてくるんだよ」

「サドゥ？　Which one?★」

★どっちの？

「インドの刑務所に入っているときに、俺、夢の中でサドゥを殺しているんだよ、でもナイフで刺しても、刺しても死ななくて……あのサドゥ」

「同じサドゥ？」

「そう同じサドゥなんだよ。でも、いや、何回も俺の夢に最近でてくるんだよ。面白いでぇ。僕の膝よりちょっと高いくらいの身長で。そいつが身体をほぐしてくれるんだよ。俺が夢のなかで『ここが痛い』というと、『ああ、ここか』と言って、そこをさすってくれる。で、朝、起きたら、たいがいよくなってるんだよ」

「夢は面白いな」本職が臨床心理士の僕にはとくに関心があった。

「それからさ、俺の家内が言うんだよ。アキラとインドの話をするようになってから、寝ているときに、夢で歌を歌ってるって。寝言じゃなくて、歌ってるらしいよ。しょっちゅう歌ってるから、家内がそのメロディーを覚えていて、朝、歌ってくれたんだよ。そのとき、ハッと思い出したね。それはアーメダバード中央刑務所で歌っていた歌だよ。もう歌詞は覚えてないけど。でも夢のなかでは、ちゃんと歌ってるんだよ」

さて、トムはどうして僕に、エディの話を聴いて本を書けと、あれほどしつこくいったのだろうか。トムの声を思い出す。僕は正確に覚えている。彼はこう言った。

"Listen to Eddy's story really carefully and then promise me, write a book about it★"

"Why, Tom?★★"と僕が尋ねると

"You'll find out★★★"と彼は答えた、

そして僕は今になって、それがわかった。

★「本当に注意深くエディのストーリーを聴いて、それを本に書いてくれ、約束してくれ」

★★「どうしてなんだ？トム」

★★★「きっとわかるよ」

トムが本当に言いたかったことはきっと、次のようなことだろう。

"I'm proud of you, Eddy"★

でもそれだけじゃない。これはエディやトムや僕の人生に限定されるものじゃない。自分という存在に対する内なる誇りやリスペクト★★の大切さに気づかせたくれたトムは、今は、あの「下り傾斜の港町」神戸にある、神戸市外国人墓地に眠っている。

★「エディ、おまえのことを誇りに思っているよ」
★★敬意

◉神戸倶楽部での食事会にて（p.023参照）

（本書のメイキングを再現した特別製作映像）

もうひとつのエピローグ

エディの同級生としては、ここで「完」の一字を入れて校了とすることもできるだろう。しかし、一人の心理臨床家として、あるいは心理療法を教育研究している大学院教授として、僕は心理療法家としての視点に触れずに筆をおさめるわけにはいかない。

それは、エディの生をひとつの事例という素材にして、素人がいう「精神分析的解釈」をしていくことではない。それではあまりにも表面的で陳腐なものになってしまうだろう。つまり、それは本書に描かれているエディの生のいくつかの局面をフロイトやユングやエリクソンといった精神分析家の理論に照らして解釈することになる。そういった解釈は当てはめに過ぎないし、それらは本来の理論の使い方ではない。★

それでは、僕はどのようにエディの話を聴いていたのだろうか。最近、僕は、この点について自分の理論を主として欧米の専門誌上で展開しているから、それは心理臨床学の定着した考え方とは言えないが、僕の理論にそってみていこう。

僕が大事にしているのは次のことだ。僕たち心理療法家は相手の話を〝追体験〞している、これこそが大切なことなのだ。実は本書では、僕は何時間もエディの話に聴き入り、エディの生を追体験してきた。僕がエディの生を言葉に

★市井に流布するイメージとしては、臨床心理士や心理療法家は「あなたは、こんなことを無意識に思っていますよ」というように、心を見抜いて、アドバイスをするというようなものだ。しかし、現に多くの実際の臨床心理士が嘆いているように、心理臨床は占いではない。実際には、「心を見抜く」なんてことはできないし、「アドバイス」も滅多にしない。

していくとき、実は僕は「客観的事実」を記述しているのではなく、主観的に体験された僕の追体験を書き記しているのだ。

だけど、それは本当に僕の主観的な〝追体験〟なのだろうか。僕は頻繁にエディの話を聴きながら、その場面について、僕に浮かんでいる追体験を言葉にして彼に確認してみる。すると彼は僕の理解を修正してくれたり、また、僕の追体験に刺激されて、詳細を思い出したり、関連がある違う場面を思い出して語りはじめる。そう、僕の追体験に触発されて、エディは「自身の生を追体験」し始めるのだ。そうして互いの追体験が絡み合う。専門用語では互いの主観的な体験が絡み合うことを「間主観」「相互主観」と言ったり、僕の恩師ユージン・ジェンドリン博士だと「交差★」と表現したりする。交差された二人の追体験からストーリーが展開しはじめる。

「作品は生きものだ」とよく言われるが、本書もそのとおりだ。エディが当初

★crossing

は意図していなかった展開、僕も予想していなかった展開に、ストーリーが動き出していく。それはまるでジャズの楽曲をデュエットで演奏しているようなものだ。二人の個性が混ざり合った独特のテイストの演奏となる。本書はまさにエディと僕のデュエットだ。エディの主観的な理解と僕の主観的な理解がブレンドしていき、ストーリーが語られていく。それは、エディの生に関する新しい意味を帯びたまとまりとなり、新バージョンのストーリーになっていく。

正確にいうと、新しいバージョンは単に語られていくわけではない。生きられていくといったほうが正確だろう。〝追体験〟という語は、ドイツ語Nacher-lebenの訳語だ。nachは「あとから」を意味し、erlebenは「生きられた体験」だが、「生きる」とも訳せる。つまり追体験は「追って生きる」という意味でもある。エディが自分の生を追体験することは、それを再び、新しく生きることでもある。

エピローグにあるように、エディは僕とこの作品に取り組むようになって、夢のなかで、何十年も前に刑務所で歌っていた曲を歌っていたり、そのころの夢に登場していたサドゥが再び夢に登場するようになっていたりする。〝追体験〟することは、単に記憶を想起させるのではなく、再び生きることになるのだ。そして同様に、僕も読者も、「エディのインド」を〝追体験〟のなかで生きているのだ。

この追って生きるというのは、過去に実際に生きていたときとは違った、生きるあり方だ。「過去を正確に再現している」のではなく、今になって、新しい観点を得て、「自分の生に流れている新しい意味を見出す」ということになる。

✽

本書に何度も登場しているが、エディは内なる誇り、人間としてのプライドに動かされていたように見える。それが彼の人生を動かしていた、という「意味」が僕たちの間では成立していった。そして、エディは自分の生きてきた人生を、この「新しい意味のまとまり」として理解している。

しかし、読者は別の視点をもったかもしれない。それは僕たちの作品について、読者がどのように〝追体験〟したかによって、また「別の意味」がエディの生に流れていることが見出される可能性もある。その可能性をエディに確認してみることができるならば、その意味を帯びた「さらに新しいストーリー」が展開可能だ。実際にエディに確認することができなくても、読者の追体験から本書の異なったバージョンがいくらでも展開可能だ。

「真実は一つだ」という観点は、人が自らの生を振り返るなかでは無理がある。別の人が聴き手となれば、別のストーリーが見出されていく。あるいは時間をおいてもう一度エディが自身の生を振り返ってみると、別の意味づけが見出されるかもしれない。人が振り返ってみる生は、単に過去の事実の確認ではなく、過去の事実が新しく意味づけされ、関連づけられ、新しいストーリーとして展開していく場となるのだ。だからこそ、心理療法で人は自分の生を新しい視点で見直すことができるのだ。

人を理解しようとして、いろいろな心理学的知識などを知的に学ぶのも役に立つ。いろいろな事実を聞き出すことも、役に立つかもしれない。だけど、そういった知識や事実確認よりも、もっと肝心なことがある。それは、相手の話を聴くこと。★相手の生を〝追体験〟しながら聴き、自分の追体験と相手の体験を重ね合わせていくこと。そのなかで、相手とあなたの間に豊かなストーリーが新しく芽生えていることに気づくだろう。

完

★対面でなくても、SNSやインターネットでも。

本書の草稿へのコメントやQR映像やプロモーションビデオ制作に多大なご協力いただいた阿佐部伸一さんと、本書の草稿を読んで貴重なコメントをいただいたクリエィティブ・プロデューサーのFueru Phil Jan 長谷川さんに感謝いたします。

ありがとう! アキラ＆エディ

造　　本　上野かおる
装画＆挿画　まきみち
本文組版　大田高充
編集協力　三宅久美

著者紹介

池見　陽｜Akira Ikemi

兵庫県生まれ。ボストン・カレッジ卒業、シカゴ大学大学院修士課程修了、産業医科大学（医学博士）。北九州医療センター、岡山大学助教授、神戸女学院大学教授を経て、現在、関西大学大学院教授。著書に、ロングセラーの『心のメッセージを聴く』〔講談社現代新書〕など多数。2019年、アメリカ・カウンセリング・アソシエーションよりLiving Luminary（存命の輝ける権威）に任命。2020年、日本人間性心理学会より学会賞受賞。

エディ・ダスワニ｜Eddy Daswani

兵庫県生まれ。来歴は本書のとおり。現在はといえば、相変わらずのモーターバイク好きで、とくにBMW GS1100がお気に入り。海も大好きで、釣りやカヤックを楽しんでいる。娘たちや孫たちに囲まれて食事をするひとときに幸せを感じている。

kodachi no bunko

バンヤンの木の下で

不良外人と心理療法家のストーリー

2020年10月10日　初版第1刷発行
2021年 9月10日　初版第3刷発行

著　者　池見　陽
　　　　エディ・ダスワニ

発行者　津田敏之

発行所　株式会社 木立の文庫
〒600-8449
京都市下京区新町通松原下る富永町107-1
telephone 075-585-5277　facsimile 075-320-3664
https://kodachino.co.jp/

印刷製本　亜細亜印刷株式会社

ISBN 978-4-909862-15-0 C0095